In Flammen - Requiem for a Love
1. Auflage
(Deutsche Erstausgabe)

Verleger: Michael Merhi
Lektorat: Jasmin Kraft
Korrektorat: Silvia Vogt
Umschlaggestaltung und Konzeption:
MIMO GRAPHICS unter Verwendung einer
Illustration von Christoph Ott.

ISBN: 978-395957-871-4

E-Mail: merhi@gmx.net
www.redrum-verlag.de

YouTube: Michael Merhi Books
Facebook-Seite: REDRUM BOOKS
Facebook-Gruppe:
REDRUM BOOKS - Nichts für Pussys!

STEFANIE MAUCHER

IN FLAMMEN

A REQUIEM FOR A LOVE

Zum Buch:

Sandra sieht rot!

In diesem ›Requiem für eine Liebe‹ gewährt die Autorin des Bestsellers »Fida« zutiefst schockierende Einblicke in den Kopf einer betrogenen Frau. Psychopathisch, spannend und kompromisslos: Die neueste Rachegeschichte aus der Feder von Stefanie Maucher!

Genial verstörend und mit tiefschwarzem Humor erzählt!

Zur Autorin:

Hart, spannend und oftmals viel zu realitätsnah kriechen Stefanie Mauchers Geschichten unter die Haut ihrer Leser. Die 1976 in Stuttgart geborene Autorin liebt es, einen Blick in die tiefsten und dunkelsten menschlichen Abgründe zu werfen und schonungslos davon zu berichten, was sie dort findet. Die zweifache Mutter lebt heute im Osten Deutschlands, wo sie als Lektorin und Übersetzerin tätig ist, wenn sie nicht gerade an ihren eigenen Büchern schreibt.

Bisher bei Redrum erschienen:

Franklin
Fida

STEFANIE MAUCHER

IN FLAMMEN

A REQUIEM FOR A LOVE

Psychothriller

Für Frank

Verrat muss nicht notwendigerweise Ausdruck mangelnden Charakters, sondern kann auch der äußerster Verachtung sein.
Peter Rudl (*1966), deutscher Aphoristiker

KAPITEL 1

Tot liegst du vor mir – und warum?

Weil du mir nach den Jahren, in denen ich dir alles gegeben habe, nicht mehr das sagen konntest, was dir bereits zwei Wochen nach unserem ersten Date leichtfertig über die Lippen schlüpfte.

»Ich liebe Dich!« Es war dir damals so ein Bedürfnis, mir diese Worte zu sagen und dabei zu beteuern, dass sie ernst gemeint wären, trotz des Alkohols und des Kokains, das durch deine Blutbahn kreiste.

Ich habe keine Ahnung wie oft ich diese Worte von dir gehört habe, immer ohne zu zögern ausgesprochen. Ich weiß nicht, wie oft ich in deine Augen sah und dieses Gefühl erkannte, das daraus auf mich zurückstrahlte. Wie oft ich mich darin gesonnt habe.

»Du und ich, Babe!« Wie du mich angestrahlt hast, wenn du das sagtest und mir deine geballte Faust entgegenstrecktest, damit ich mit meiner dagegenstoße – eine Geste, die symbolisierte, dass ich nicht nur irgendwer, sondern deine Geliebte, deine Frau und dein bester Kumpel zugleich war. Deine beschissene Seelenverwandte, genauso kaputt wie du selbst, die du ebenso brauchtest wie sie dich, um ein Ganzes zu sein.

Tot liegst du vor mir, weil ich dich liebe und dich gleichzeitig hasse, dafür, dass du mir deine Liebe entzogen hast. Weil ich vor dir stehend verzweifelte und nicht ertrug, welchen Schmerz du in mir ausgelöst hast. Weil ich dir vertraut habe auf der tiefsten emotionalsten Ebene – und du dieses Vertrauen missbraucht und zugelassen hast, dass deine Liebe zu mir stirbt.

Sind das nicht mehr als genug Gründe, dich umzubringen?

Statistisch gesehen werden die meisten Morde von Männern begangen. Sie töten aus Habgier und anderen niederen Beweggründen, nehmen bei Gewaltverbrechen Kollateralschäden in Kauf oder rauben ihren Opfern aus hemmungsloser Selbstsucht heraus das Leben. So wie du diesem ›uns‹, welches es einst gab.

Wenn Frauen morden, ist das in den allermeisten Fällen eine hochgradig emotionale Angelegenheit. In der Regel passiert es dann, wenn ihre Liebe in Hass umschlägt.

»Babe, du bist einzigartig. Ich kenne niemanden sonst, der so emotional und so offen ist wie du, niemanden, der so schnell mein Herz berührt hat.« Hast du sowas nicht mal zu mir gesagt, in einem rührseligen Moment, in dem du meine Hand gehalten hast? Und nun – wenn du das noch könntest – würdest du dich trotzdem wundern, dass du hier liegst? Auch ich verspüre einen Anflug von ungläubiger Verwunderung, bin fassungslos darüber, wie wenig du mich gekannt hast, obwohl ich so offen zu dir war.

Ich war kein unbeschriebenes Blatt, als wir uns kennenlernten, gerade neununddreißig geworden, hatte schon Einiges erlebt, nicht nur Gutes. Du schienst mir ebenbürtig, warst attraktiv, einfühlsam, sprachst die passenden Worte und hattest es drauf, genau die richtigen Knöpfe bei mir zu drücken. Ich konnte dich von Anfang an lesen wie ein Buch, weil du auf deine Art genauso kaputt warst wie ich und offen für mich. Für einen Menschen, der dich sah, annahm und so liebte, wie du warst. Das ist mir absolut nicht schwergefallen. Also hab ich's riskiert. Hab alles auf eine Karte gesetzt – auf dich. Hab mir erlaubt, ans große Glück zu glauben, was ich zuvor lange Zeit vermieden hatte, wohlwissend, wie schwer ich damit zurechtkomme, wenn solche Träume platzen.

Puff …

Tot liegst du vor mir, weil nach uns nie wieder etwas Besseres kommen kann. Wer oder was soll ›uns‹ noch toppen? Ein kleines Nacho-Chip-Mädchen, das du auf irgend 'nem Festival kennengelernt hast und mit der du dann versuchst, unsere Anfangszeit nachzuspielen? Wohl kaum!

Nach unserer ersten Nacht, als ich dir beim Brunch von meinem geplanten Urlaub erzählte, entschlüpfte mir die Frage: »Hast du nicht zufällig noch ein paar Urlaubstage übrig und Lust mitzukommen?«

Kein Zwinkern, kein langes Überlegen, ein klares »Ja« kam zwischen deinen Lippen hervor.

Unser drittes Date verbrachten wir im Reisebüro und nur wenige Wochen später saßen wir im Flieger nach Thailand, wo wir, um dich zu zitieren, ›den schönsten Urlaub deines Lebens‹ verbracht haben. Verdammt, war ich glücklich – vor, nach und selbst während unseres obligatorischen Urlaubs-Streits, bei dem ich durch den künstlich angelegten Bach vor unserem Hotelzimmer watete, um meine Zeit lieber mit ein paar streunenden Hunden zu verbringen, als mit dir. Du und ich, Babe, wir waren Dynamit – in jeder Hinsicht.

Im Jahr darauf rannte ich dir in einer alten Maya-Ruine in Mexiko davon und nicht mal das kalte Wasser einer Cenote konnte abkühlen, was zwischen uns schwelte. Hatten wir in Ägypten eigentlich Streit? Ich glaube nicht. Haben wir dort unser Feuer verloren?

So tot, wie du da vor mir liegst, dich nicht mehr rührst, nicht mehr zurückweichen und nicht mehr die Ohren verschließen kannst vor dem, was ich sage, siehst du noch schöner aus als sonst. Und nun, da ich keinerlei Zurückweisung mehr spüre, verraucht mein Zorn und mich überfällt wieder der Wunsch, mich in deine Arme zu schmiegen, dich zu riechen und dir nah zu sein. Ich will die Wärme deiner Haut spüren. Sie ist doch noch warm, oder?

Dein Blut … hier ist so viel davon. Es sammelt sich in kleinen Pfützen auf dem Boden, wo du es verloren hast. Die Nässe sorgt für eine unangenehme Kälte, doch wenn ich mich neben dir zusammenrolle, mein Gesicht gegen die weiche Haut deines Halses drücke, meine Hand in die große Schnittwunde schiebe und Platz zwischen deinen Eingeweiden suche, spüre ich noch etwas von deiner Wärme, kann die Augen schließen und mich an uns erinnern, bis die Scheißschlaftabletten endlich zu wirken beginnen.

Dein neuer Zustand hat Vorteile. Endlich darf ich wieder zu Hause sein, in deinen Armen. Ich kann hinter mich greifen, deinen noch beweglichen Arm um mich schlingen und warten, bis die Totenstarre einsetzt – dann wird es sich anfühlen, als würdest du mich tatsächlich noch ein letztes Mal festhalten, bevor auch ich endlich gehe und dir hinterhereile, dorthin, wo du schon bist.

Schlimmer als die emotionale Hölle der letzten Tage und Wochen kann dieser Ort nicht sein. Ein wesentlich rationalerer Part von mir denkt jedoch, dass nach unserem Tod überhaupt nichts kommt.

Wir sterben. Fertig. Das war's. Derselbe Teil von mir fragt sich aber auch, ob das nicht zu bequem wäre – gäbe es einen so einfachen Ausweg, würden ihn doch viel mehr Menschen wählen. Vermutlich gibt es keine Spezies, die das eigene Sein so sehr überbewertet wie der Mensch. Weil wir uns unseres Selbst ja so bewusst sind, so hochentwickelt – und so dumm. So in uns selbst gefangen, dass wir uns gar nicht vorstellen können, diesem Gefängnis jemals zu entkommen, auch wenn der Wunsch danach beinahe übermächtig erscheint.

Mir fällt auf, dass mein Finger, wie er es sonst mit meinen Haaren tut, mit einer der Schlingen deines Dünndarms spielt. Zärtlich streicht er nun über eine deiner Nieren, folgt langsam ihrer charakteristischen Form. Das ist so absurd, dass es mir ein Kichern entlockt. Ich wünschte, du würdest mit einstimmen.

Gelacht hast du ohnehin nicht mehr viel in letzter Zeit – und wenn, dann mit anderen. Als ich daran denke, stirbt mein Kichern, zusammen mit dem Lächeln, das sich in mein Gesicht schlich, als ich mir vorstellte, wie es sich anfühlen wird, wenn dein Arm erstarrt.

Ich dachte, du würdest kurz vor einem Burnout stehen oder mittendrin stecken. Glaubte, irgendwann wäre die Überforderung wie ein Überhang an einem Berg abgebrochen und hätte als gewaltige Lawine alles Lebenswerte in dir mit sich gerissen und verschüttet. Du hast Bilanz gezogen, eine simple Rechnung aufgestellt, geschaut, welchen Posten du einsparen kannst. Dieser Posten war ich. Zwischen einem zwölf Stunden andauernden Arbeitstag und dem Heimkommen am Abend, wo stets deine Partnerin auf dich wartete und mit einem Lächeln – sowie der Erwartung, du würdest es erwidern – auf dich zukam, wo blieb da die Zeit für dich? Die, in der nur deine eigenen Bedürfnisse wichtig waren?

Ich habe gemerkt wie belastet du bist, aber nicht, wie sehr ich dich belastet habe. Dachte, es würde dir leichtfallen, mir zu geben, was ich brauche, weil es mir selbst so mühelos gelang, dir genau das entgegenzubringen, was ich selbst erwartete. Anscheinend hatten wir sehr unterschiedliche Bedürfnisse.

Momentan bin ich vollgepumpt mit Schlaftabletten – und mit Gleichnissen. Seit du dich von mir getrennt und beschlossen hast, ich solle aus unserer Wohnung ausziehen, leide ich seelische Qualen. Dies war die letzten drei Jahre fast ebenso sehr mein Zuhause, wie mein Platz in deinem langsam steif werdenden Arm. Müsste ich unser von dir nicht mehr gewünschtes Zusammenleben der letzten Wochen beschreiben – oder vielmehr mich, wie ich mich fühlte, wenn ich vor deiner selbsterrichteten inneren Mauer stand –, fiele es mir leicht, ein passendes Bild zu finden. Ich würde mich als Verdurstende beschreiben, die nach einem Höllenmarsch durch die Wüste an eine Oase gelangt. Sie weiß, hier gibt es das, wonach alles in ihr schreit und was sie zum Leben braucht. Nun stelle man sich scharf geschliffenen Nato-Sicherheitsdraht vor, der – wie ein ungarischer Grenzzaun, der vor fliehenden Menschen in größter Not schützen soll – meterhoch um diese lebensrettende Stelle zu einer unüberwindbar erscheinenden Barriere aufgeschichtet ist. Dazu da, jeden Eindringling abzuwehren, der sich dem Wasserloch nähern möchte. Ich habe versucht, über diesen Zaun zu klettern, wieder und wieder, hab's nicht geschafft und mich viele Male böse geschnitten. Doch noch etwas anderes ist passiert: Bei meinem letzten Kletterversuch kam ich weit genug, um einen Blick hinter diesen Stacheldrahtzaun werfen zu können und festzustellen, dass es dort auch nur trockenen Sand gibt. Und in diesem Augenblick, während der Draht nochmals ganz tief in mich eindrang und den Rest meines gesunden Verstandes vom Kontrollzentrum löste, hatte ich eine Erkenntnis: Statt meine letzten Kräfte zu verschwenden, um diesen beschissenen Zaun zu überwinden, kann ich mich genauso gut meinem Schicksal ergeben und sterben.

Sicherlich hätte man neuen Lebensmut schöpfen können, sich ermutigen und versuchen, ein anderes Wasserloch zu finden – oder ›Sesam öffne dich‹

murmeln, hoffend dass sich eine Lücke im Zaun auftut. Schnell hindurchschlüpfen, um im Inneren verzweifelt zu graben, in der Hoffnung, in der Tiefe doch noch ein Tröpfchen zu finden.

Unser Pech war, dass mein rationaler Teil mir gehässig zuflüsterte, wie albern es doch wäre, mitten in der Wüste auf ein solches Wunder zu hoffen. »Hoffnung«, sagte sie mir, »macht dich nur noch erbärmlicher. Als wären deine erfolglosen Kletterversuche nicht schon dumm und peinlich genug.« Dann fiel ich ein letztes Mal von weit oben und blieb blutend am Boden liegen. Der Aufprall zerschmetterte mein Herz.

Meine Finger, die dich noch immer geistesabwesend liebkosen, die dein Innerstes berühren, schaffen es nicht, deinen Herzmuskel zu erstasten, Magen und Milz sind mir im Weg. Doch ich bin mir sicher, dieses Herz, das du mir einst geschenkt hast, fühlt sich ganz an, fest und intakt und ich frage mich, was ich finden würde, nähme ich das Messer, welches ich vorhin entsetzt aus dir zog und zur Seite warf, um damit meinen eigenen Brustkorb zu öffnen. Natürlich könnte ich mich dazu niemals überwinden und selbst wenn mir eine solche Selbstöffnung möglich wäre, würden sich dieselben anatomischen Begebenheiten offenbaren, wie bei jedem anderen Menschen, doch ein Teil von mir erwartet tatsächlich, in meiner Brust nur mehr einen Scherbenhaufen zu finden.

Ich löse mich von dir, ziehe ein Kissen vom Sofa herunter und klemme es so unter deinen Arm, dass er in einer Position steif werden wird, die mir erlaubt, wieder in deine Umarmung zu schlüpfen. Obwohl es hochgradig albern ist, nehme ich das Messer in die Hand, von dem ich nun weiß, dass es geeignet ist, einen Menschen zu töten. Ich wiege es. Der Wunsch in mir, es in irgendeines meiner lebenswichtigen Organe zu rammen, meine Arterien zu durchtrennen und mir selbst den Garaus zu machen, zusammen mit jedem Gefühl, ist ebenso groß wie die Feigheit, die mich zurückhält. Ich sehe an mir herab, sehe meine Brüste, die mein halb zerfetztes Oberteil kaum noch verbergen kann. Du hast sie mal als ›perfekt geformt und fest, wie die einer Zwanzigjährigen‹ beschrieben, was wohl der Tatsache geschuldet ist, dass ich ungern BHs trage. Selbst fand ich sie immer schön, doch nun überkommt mich ein Hass, der überwältigend ist. Wie schön können sie schon sein, wenn sie nichts darstellten, womit du weiterhin spielen wolltest? Ich nehme die Klinge, führe sie über die vormals makellose Haut, auf der sich sofort dünne Linien zeigen, die sich mit Blut füllen. Auf diesen tollen Brüsten, über denen du so gern abgespritzt hast, spiele ich Tic Tac Toe gegen mich selbst und verliere.

Klar, ich könnte auch behaupten, ich hätte gewonnen, so wie diese Scheißoptimisten, die sagen, ein Glas wäre halb voll statt halb leer. Aber ernsthaft, was bringt es, die Dinge schönzureden?

Ich ziehe meine ohnehin ruinierten Klamotten aus, erspare dem irgendwann anrückenden Leichenbeschauer so ein wenig Arbeit und befreie auch dich mit scharfer Klinge von den Textilien, die deine Haut verdecken. Wenn ich mich wieder zu dir lege, will ich dich spüren, nicht diesen mit Blut durchnässten Stoff, der uns trennt. Nie wieder möchte ich mit dem Schmerz, von dir getrennt zu sein, leben. Selbst mein mich davon ablenkendes Tic-Tac-Toe-Spiel konnte ihn nur kurzfristig überdecken. Mein Blick fällt auf die klaffende Wunde im Bauch, die meine nach einem Rest von Gefühl suchende Hand noch erweitert hat. Anschließend mustere ich meine eigene Bauchdecke und überlege, ob ein Schachbrett draufpasst oder was ich als Nächstes auf mir spielen könnte. *Galgenmännchen?*

Kopfschüttelnd verwerfe ich den Gedanken und merke dabei, dass mich die Schlaftabletten leicht benommen machen. Trotzdem pumpen noch so viel Emotionen durch meinen Körper, der heute vermutlich die gewaltigste Adrenalinmenge seines Lebens ausgeschüttet hat, dass sie mich nicht ausschalten. Vielleicht habe ich sie auch so überdosiert, dass sich die Wirkung ins Gegenteil umkehren wird und sie mich so aufgekratzt werden lassen, dass an Schlaf nicht zu denken ist, schon gar nicht an ewigen. Darüber hinaus befürchte ich, dass es, obwohl ich alle genommen habe, die ich finden konnte, nicht genug waren, um mir die Lichter auszublasen. *Verfickte Scheiße! Was könnte ich noch nehmen?* Mein Leben, geht mir auf, gleicht einer strudelnden Toilette, deren Spülvorgang kein Ende nimmt.

Trink Abflussreiniger!, wirft eine spöttische Stimme ein, die aus dem finstersten Winkel meines Geistes zu kommen scheint. *Das killt dich bestimmt.* Mir ist, als könnte ich sie tatsächlich hören, als spräche sie laut. Ebenso die andere, die anmerkt, dass dies eine höchst abscheuliche und qualvolle Art wäre, das Leben zu verlassen. Kurz spiele ich bekannte Selbstmordarten durch und verwerfe sie alle, weil ich weiß, dass sie nichts für mich sind. Für manches zu feige, für anderes zu schwach, wieder anderem steht meine Höhenangst im Weg oder die, mein Versuch könnte misslingen und ich als hilfloser Krüppel zurückbleiben, der es nicht noch einmal versuchen kann. Noch am ehesten kann ich mir vorstellen, an einer Kohlenmonoxidvergiftung zu sterben – erst bewusstlos werden, dann ganz sanft abkratzen. *Manche kotzen sich aber vor dem Bewusstloswerden die Seele aus dem Leib und das ist dann auch nicht so schön. Trotzdem könnte ich mir wenigstens mal ausrechnen, wie viele Blöcke*

Trockeneis es bräuchte, die, in einen kleinen, gut abgedichteten Raum gestellt …

Blödsinn, bremse ich mich, *wo soll ich denn jetzt so viel Trockeneis hernehmen?* Scheiße, wärst du nicht der Typ gewesen, der unsere Drogen besorgte, wenn uns mal nach sowas war und hätte ich eigene Connections, könnte ich nun meinen Dealer anrufen und mir so viel Koks besorgen, dass es reichen würde, sich die letzte Gehirnzelle wegzuschnupfen. Oder ich könnte, was ich tatsächlich nie ausprobiert habe, Heroin kaufen und mir den berühmten goldenen Schuss setzen. Wäre mal was Neues. Kurz überlege ich, mir dein Handy zu leihen. Sicherlich hast du seine Nummer gespeichert und leihst mir obendrein gern deinen Finger, um das Gerät zu entsperren. Doch was soll ich sagen? »Hallo, ich bin die Exfreundin von Sascha. Du kennst mich zwar nicht, aber siehst ja, dass ich vom Telefon deines Kumpels aus anrufe. Verkaufst du mir ein paar Drogen?« Dumme Idee!

Mein Blick fällt auf den Wohnzimmertisch, auf dem Gras, Tabak und Blättchen liegen. Aus Gewohnheit rapple ich mich auf, setze mich aufs Sofa und drehe mir einen Joint. Während ich das Blättchen anlecke und ihn zudrehe, überlege ich, dass es schöner wäre, du würdest hier neben mir sitzen, wenn ich ihn rauche. Ich könnte mich an dich kuscheln und den Rauch in die andere Richtung blasen, damit er nicht dein Gesicht streift.

KAPITEL 2

Nachdem ich deinen schlaffen Körper auf das Sofa gewuchtet habe, setze ich mich daneben, lehne mich an dich und lege deinen Arm um meine Schulter. Zünde die Tüte an, inhaliere tief und wünsche mir, es wäre nicht so gottverdammt still hier drin.

Der CD-Player!

Was hattest du geschrieben, in einem verfluchten Facebook-Chat, an diesem furchtbaren Tag, an dem du mich verlassen hast? Nachdem ich dich fragte, ob du wieder mal in deinem beschissenen Trennungsmodus und doch nicht glücklich mit mir bist? Dabei hatte ich geglaubt, solche Dramen hätten wir endlich hinter uns und dieses Immer-mal-wieder-alles-infrage-stellen, aus einer dummen Laune heraus, wäre kein Thema mehr zwischen uns.

»Ich beantworte diese Frage nicht, weil sonst, wenn ich nach Hause komme, Blaine Rohmer läuft, die Flasche Wein offen ist und es vorm Haus nach Gras riecht …«

Mit diesen Worten hast du unser Ende eingeleitet.

Ich lege den kaum angerauchten Joint im Aschenbecher ab, stehe auf. Die Musikauswahl fällt leicht.

»Haben wir noch Wein da?« Ich habe diese Frage laut gestellt und diesmal ist es deine Stimme, die ich in meinem Kopf höre und die sagt: »Baby, bitte, mach das nicht!«

Auch wenn du reglos dasitzt und kein Leben mehr in deinem Körper steckt, in mir bist du so lebendig wie eh und je und so überpräsent, dass es wehtut. Du siehst die Abwärtsspirale, der ich folge, unbeirrbar, dass mich die eigenen Dämonen auffressen und ich nichts dagegen tun kann. Jetzt, da dich dein eigener Körper nicht mehr beheimatet, scheinst du dich umso mehr in meinem breitzumachen, füllst meine Gedankenwelt mehr denn je. Natürlich höre ich nicht auf dich; Baby ist auf Kurs, nicht aufzuhalten.

Feinster Black Metal reichert die Stille nun an und verdrängt sie, atmosphärisch und düster, tongewaltig und zur Stimmung passend. Ich entkorke eine Flasche Wein, schenke mir ein Glas davon ein und setze mich mit einem »Prost, Babe!« wieder zu dir. Neuerlich entzünde ich den Joint, inhaliere und lehne mit geschlossenen Augen meinen Kopf an deine Schulter, höre zu. Nach einer Weile schlage ich die Augen wieder auf, trinke noch einen Schluck, stelle das Glas ab und spiele mit der nun freigewordenen Hand mit deinen schlaffen Fingern. Nie wieder werden sie im Takt der Musik auf meinem Körper spielen, mein Gesicht streifen und mich liebkosen. Sich nie wieder zu Fäusten ballen, mich nie wieder packen, um mich aus der Wohnung zu zerren, so fest, dass ich am nächsten Tag blaue Flecken habe.

Tot sitzt du neben mir und warum? Weil ich dem Spruch ›Ich versteh nur Bahnhof‹ eine völlig neue Bedeutung verliehen habe. Wochenlang ertrug ich diese Unsicherheit und dieses mich zerreißende Gefühl in meinem Inneren, das einsetzte als das Schlussmach-Drama begann und seither nicht mehr aufhörte. Wochen, in denen du mich mehrere Male gefickt hast, in denen wir uns küssten und umarmten und in denen du mir unzählige Male gesagt hast, dass du mir nichts mehr versprechen kannst – nicht mal, mich zu lieben. In denen du dich seufzend vor mich stelltest und so was Herzzerreißendes sagtest wie: »Baby, mit jedem Tag, den wir getrennt sind, wirst du schöner!« und ich so was Dummes erwiderte wie: »Ja, Trauer und Leid stehen mir gut!«

Dann, nachdem ich ein paar Tage woanders verbracht hatte, um dir Zeit und Raum zum Nachdenken zu geben, stellte ich dir ein Ultimatum. »Wenn ich wiederkomme«, forderte ich, »dann hol mich vom Bahnhof ab, doch nur, wenn du mich tatsächlich noch liebst. Wenn nicht, lass den Bahnsteig leer, komm nicht! Das ist dann das deutliche Zeichen, welches ich brauche, um zu verstehen, dass das mit uns tatsächlich vorbei ist.«

Du bist gekommen, hast dagestanden, hast mich umarmt und mich mit Hoffnung erfüllt. Erst zu

Hause hast du mir gesagt, du wärst nicht aus dem von mir genannten Grund gekommen, hättest nicht mal gewusst, ob du überhaupt aufkreuzen solltest. Warum du es dennoch getan hast, habe ich dich gefragt und du hast nur gesagt: »Ich konnte dich doch nicht einfach dort stehen lassen.«

Ich greife nach dem Wein, nippe daran und denke mir: *Doch, genau das hättest du dämliches Arschloch tun sollen. Du Idiot!* Das wäre deutlich gewesen, denn ich hatte zwar darauf gehofft, nicht aber damit gerechnet, dass du kommen würdest. Mein Ultimatum war der letzte verzweifelte Versuch, dich zumindest ein Stück weit zurückzugewinnen und wenn nicht, wenigstens einen Weg zu finden, die von dir geschaffenen Tatsachen nicht nur meinem Gehirn, sondern vor allem meinem blöden Herzen begreiflich zu machen. *Was hast du dir nur dabei gedacht, dort zu stehen?*

Zu einem anderen Zeitpunkt hättest du da sein müssen. In jener Nacht, in der ich mir drei Gramm Speed reinfeuerte und mich in ein menschliches Geschnetzeltes verwandelte, hättest du mich aufhalten können. Es wäre deine Scheißpflicht gewesen, mir deine helfende Hand zu reichen, nachdem du mich über die Kante eines Abgrunds gestoßen hattest. Stattdessen hast du mich alleingelassen, angetrunken und mit einem Arsch voll Drogen, den du im Kühlschrank gelagert hattest. Klar griff ich zu! In diesem Moment hätte ich alles versucht, um das zu stoppen – oder wenigstens einzudämmen –, was in mir vorging. Ich war nicht in der Lage, mich aus dem Loch, in dem ich dann saß, selbst zu befreien und bettelte darum, dass du mir hilfst. Es war der Schmerz, den du verursacht hast, die Tatsache, dass du mich damit alleingelassen hast und die eigene Ohnmacht, die mich dazu verführte, auf besondere Art einem geschätzten Autor zu huldigen: Clive Barker.

›Blutbücher sind wir Leiber alle; wo man uns aufschlägt: lesbar rot‹, schrieb Barker einst und mein eigener Leib beweist nun, wie recht er damit hatte.

Mit einem unserer – Verzeihung, *deiner* – Küchenmesser, das ich vorher nochmals gründlich geschärft hatte, ritzte ich eine Botschaft an mich selbst in die Haut meines rechten Unterschenkels: ›Stop dreaming!‹ Fasziniert sah ich zu, wie das Blut aus den feinen Schnitten quoll, verbreiterte sie, genoss den damit einhergehenden Schmerz, der mich, wenn auch nur für den Augenblick, von meinem Inneren ablenken konnte. Ich konnte nicht anders, doch wollte ich es nicht. Eigentlich war es ein Hilfeschrei. So laut ich konnte, brüllte ich, nahm mein Handy zur Hand und versuchte mehrfach, den einzigen Menschen, der mir in diesem Augenblick hätte helfen können, dazu zu bewegen, genau das zu tun. Du hast dich dagegen entschieden. Klar, warum auch nicht? Immerhin hattest du ein paar Stunden vorher das Ende unserer Beziehung verkündet und damit die Zeit beendet, in der ich mich auf Liebe und Mitgefühl verlassen durfte. Hast dich mit sofortiger Wirkung von deiner Verantwortung für mich und meine Gefühle losgesagt. Radikal und für mich unerwartet, da dein gesamtes Handeln zuvor eine gänzlich andere Zukunft versprach.

Mal ernsthaft, wie hätte ich denn ahnen sollen, was in dir brodelt, was seine giftigen Gase aufsteigen lässt und alles verätzt, alles abtötet und nichts als Kummer zurücklässt? Drei Wochen vor meinem Geburtstag, an dem wir eigentlich an der Nordsee sitzen wollten, gemeinsam mit deinen Eltern, hast du mich verlassen. Gebucht hatten wir drei Monate im Voraus – ein Frühbucherangebot, bereits bezahlt, ohne die Möglichkeit, es zu stornieren. War deine Idee, weil dir unser letzter Aufenthalt ebenso gut gefallen hatte wie mir. Noch 'ne Woche vorm großen Finale hast du Konzertkarten bestellt, für 'ne Band, die ich unbedingt sehen wollte. Und von der Wohnung, die wir diesen Herbst gemeinsam beziehen wollten, fange ich am besten gar nicht erst an …

Heftig ramme ich dir meinen Ellenbogen in die Seite, suche ein Ventil für die Wut, die mich plötzlich wieder überkommt. Am liebsten würde ich dich noch mal abstechen!

So schnell, wie das Gefühl gekommen ist, verschwindet es wieder und macht der Traurigkeit Platz, der ich mich seit Wochen nicht erwehren kann. Es ist keine Traurigkeit darüber, dass du nun tot bist, sondern darüber, was DU getan hast. Du Zerstörer meiner Welt, du Nemesis, du dunkler Gott, zu dem mein Geist betet … Wie konntest du uns nur kaputtmachen?

Ich merke, dass mir wieder einmal Tränen in die Augen steigen, lasse die abermals ausgegangene Tüte in den Aschenbecher fallen, ziehe die Knie dicht an den Oberkörper, drehe mich ein Stück und schmiege mich – beinahe in fötaler Haltung – an dich, um Trost zu finden. Dein Leichnam gibt ein seufzendes Geräusch von sich – vermutlich erste entweichende Leichengase oder der Überrest deines letzten Atemzugs, der nun aus deiner Lunge gedrückt wird – und es scheint fast so, als würdest du mit mir trauern. Wieder eine Vorstellung, die ich tröstlich finde. Abermals schlüpft meine Hand in deine Bauchhöhle.

KAPITEL 3

Ich weiß nicht, wie lange ich hier schon sitze. Die Zeit scheint an Bedeutung verloren zu haben, nun, da du nicht mehr bist, dich nicht mehr entziehen kannst und ich nicht mehr sehnsüchtig auf jeden kleinen Moment warte, den ich noch mit dir verbringen kann. Zu wissen, dass es nichts mehr gibt, worauf es sich zu warten lohnt, nichts außer dem eigenen Ende, bringt eine seltsame Gelassenheit und innere Ruhe mit sich, die ich fast schon Frieden nennen würde. Zumindest im Moment.

Inzwischen wissen wir ja, wie schnell meine Stimmung kippen kann, nicht wahr? Auch in mir ruht ein zerstörerisches Potenzial, das ab und an erweckt wurde, wenn wir Streit hatten. Manchmal, wenn wir uns richtig fetzten, standen wir Madonna und Sean Penn in den frühen Achtzigern in nichts nach. Du – selbst jähzornig und oftmals aufbrausend – musstest eingestehen, eine Kontrahentin auf Augenhöhe vor dir zu haben. Wir haben uns nichts geschenkt, zumindest nicht in diesen Momenten.

Geschenkt habe ich auch der kleinen Schlampe nichts, die tot in der Ecke liegt und deren Namen, den ich schon fast wieder vergessen habe, ich auf Facebook zum ersten Mal las, ohne dabei zu ahnen, dass deine Bekanntschaft mit ihr der Auslöser für mein Leid war. Wie hieß sie doch gleich? Laura, das Tacco-Mädchen? Melissa Kartoffelchips? Völlig egal, denn sie stellt keine Konkurrenz mehr dar!

Anfangs hatte ich dir wirklich abgekauft, dass du wirklich einem – wie modern – Burnout nahe bist, dass du gerade weder mit dir selbst zurechtkommst, noch mit anderen.

»Babe, es tut mir leid, aber ich kann gerade keine Nähe zulassen. Ich kann nicht anders, ich muss allein sein«, hast du gejammert und mich mit deinem Geschwätz an einen Punkt gebracht, an dem ich auch noch versucht habe, dich zu verstehen. Scheiße, nicht nur das, ich habe dir obendrein alle Türen sperrangelweit offen gelassen und gehofft, dass der räumliche Abstand uns am Ende sogar guttun könnte.

»Es tut mir weh, dich so zu sehen und ich fühle mich hilflos, weil ich dir nicht helfen kann. Ich kann dir nur diesen Abstand geben, den du brauchst und darauf hoffen, dass er dir guttut. Ebenso, wie ich nur darauf hoffen kann, dass du vor meiner Tür stehst, vor der Tür der Frau, die dich liebt, wenn du wieder Nähe zulassen kannst. Hoffentlich suchst du dir dann kein Frischfleisch.« Solche Töne habe ich blöde Kuh von mir gegeben, ohne zu ahnen, dass das Frischfleisch dich längst mit seinem ›Arsch aus der Hölle‹ geködert hatte. Dein Geschwafel, von wegen »Ich habe das Gefühl, keine Zeit mehr zu haben, die mir allein gehört«, hieß übersetzt so viel wie: »Ich möchte dir nicht mehr verpflichtet sein und meinen Schwanz im Tacco-Mädchen versenken.« Das hatte nicht im Entferntesten etwas mit beruflicher oder persönlicher Überlastung zu tun, wie du mir gekonnt weisgemacht hattest. Was glaubst du, wie verarscht ich mir vorkam, als ich die bittere Wahrheit herausfand, die all meine bislang ungeklärt gebliebenen Fragen auf einmal beantwortete? Denk mal drüber nach! Ach ne, kannst du ja nicht mehr.

Gott, hat es gutgetan, diesem Miststück den Garaus zu machen! Wie leicht meine scharfe Klinge in ihr Fleisch glitt … Selbst jetzt, da der große Moment vergangen ist und nur noch die Erinnerung daran bleibt, fühlt es sich einfach nur gut an. Auf jeden Fall darfst du dich nicht wundern, dass diese jüngere Version meiner Selbst keine besonders hohe Lebenserwartung mehr hatte, nach dem, was du mit mir abgezogen hast. Betrachte sie als Kollateralschaden.

Ich werfe einen Blick auf ihre Leiche und fast schon tut sie mir leid. Klar, sie hat mir dich gewissermaßen ausgespannt, doch gewusst, was auf sie zukommt, hat die Kleine sicher nicht. Dieser kleine Anflug von Mitleid verfliegt sofort, als mir bewusst wird, dass ich ihr mit der rapiden Beschleunigung ihres Ablebens nur größeres Leid erspart habe. Früher oder später wäre sie mit dir genauso auf die Schnauze gefallen wie ich und so zu einer unglücklichen Frau geworden. Denn du, das ist mir inzwischen klar geworden, folgtest immer demselben Verhaltensmuster.

»Hat er schon ’ne Neue?«, hat mich Mandy neulich gefragt. Ja, genau, jene Mandy, mit der vor zig Jahren mal was lief und für die du eine Frau verlassen hattest, mit der du lange zusammen warst. »Ich kenne ihn seit zwanzig Jahren und jedes Mal ist es das gleiche Spiel. Er entflammt für eine Neue und brennt im Gehen alles nieder, was er zurücklässt.« Ein mitfühlendes »Mensch, Süße, das hast du nicht verdient!«, fügte sie noch hinzu. Ich gehe noch einen Schritt weiter als Mandy: Du hattest mich nicht verdient – und mit Sicherheit nicht, dass ich unwissende Kuh dich in diesem Moment noch verteidigte und eine solche Schweinerei kategorisch ausschloss!

Ihr Mann – ja, der, der dich während deiner schwulen Phase in den Arsch ficken durfte – bedauerte ebenfalls, dass du ›die erste vernünftige Frau in deinem Leben, mit der du tatsächlich offen und ehrlich umgehen konntest‹, in den Wind geschossen hast. Noch immer frage ich mich, warum du dieses Vertrauen, das zwischen uns bestand, nicht wertgeschätzt hast.

Ich weiß noch, wie überrascht Jens damals aus der Wäsche geschaut hat, als du ihm sagtest: »Sie weiß, was mal zwischen uns war.« Sein Blick war ungläubig, als er erfuhr, dass du mir von eurer kleinen Männerfreundschaft mit Extras erzählt hast. Dieses Detail sollte doch unter euch bleiben. Letztlich, nach einem kleinen peinlichen Moment, freute er sich aber, dass du endlich jemanden gefunden hattest, dem du selbst solche Dinge erzählen konntest.

Mir konntest du alles sagen, Babe, und ich habe dich für nichts verurteilt. Deine Geheimnisse, die ich nach deinem Verrat für vier Euro neunundneunzig an der nächsten Straßenecke verkaufen würde, waren bei mir sicher. Besonders dieses, dessen Bekanntwerden dir hochgradig peinlich gewesen wäre. Was hätten Björn, Alex oder Rolf von dir gedacht, deine engsten Freunde, die nichts von deinen Neigungen ahnten? Hätten sie dir immer noch ihre nackten Ärsche zugedreht, wenn ihr euch ein Hotelzimmer im Männerurlaub teiltet? Und hätte es ihr Bild von dir verändert, wenn sie gewusst hätten, dass du auch mich regelrecht darum angebettelt hast, dir meinen Vibrator tief in den Arsch zu schieben und dich mal damit zu ficken?

So viele deiner Freunde kannten nur einen Bruchteil deines Wesens; den Kerl, der immer in Party- und Trinklaune war; die Maske, die du aufsetztest, weil du kaum jemandem erlaubt hast, in dein Innerstes zu blicken. Dir war immer so wichtig, was die anderen von dir denken, dass du dich zu einem großartigen Schauspieler entwickelt hast. Ich dagegen sah nicht nur dein Äußeres und das, was die

Menschen von dir sehen sollten. Ich schaute in dich hinein, tiefer als jeder andere Mensch vor mir und du hast deine Seele entblößt. Ganz und gar nackt habe ich dich gesehen, in jeder Hinsicht, und es fühlte sich trotz Tränen und Scham so gut an. Bis du alles kaputt gemacht und dich vor mir verschlossen hast.

Wieder wandert mein Blick zum toten Nacho-Mädchen und ich frage mich, wie nah du sie rangelassen hast.

KAPITEL 4

Ein Kratzen an der Tür des Badezimmers reißt mich aus meinen Gedanken. *Hoover!* Die englische Bulldogge, die du nach dem ersten Direktor des FBI benannt hast, macht auf sich aufmerksam. Er ist im Bad eingesperrt. Wie lange ist er schon da drin? Da mir mein Zeitgefühl völlig abhandengekommen ist, weiß ich es nicht.

Schwerfällig erhebe ich mich, leicht schwankend, da die zwanzig Tabletten der Gattung ›Valium 2000‹, gepaart mit dem Gras und dem Wein, meine Motorik beeinträchtigen. Trotzdem schaffe ich es, ohne zu stolpern zur Tür zu gelangen und sie zu öffnen. Sofort stürmt Hoover heraus, schwanzwedelnd, und freut sich, nicht mehr allein zu sein. Ein paar Augenblicke tanzt er um mich herum, hüpft an mir hoch, niest, wie er es immer tut, wenn er aufgeregt ist. *Alte Rotzkanone!*

Was die Tabletten, das Gras und der Alk nicht geschafft haben, bringt Hoover mit spielerischer Leichtigkeit fertig. Er bringt mich aus dem Gleichgewicht und sorgt dafür, dass ich einmal mehr schmerzhaft auf dem Hintern lande. Ich kann ihm nicht böse sein. Immerhin ist er der Einzige, der sich heute über meinen Anblick gefreut hat. Dein Gesichtsausdruck dagegen, als du mit der kleinen

Schlampe hier aufgetaucht bist und ich unerwartet vor dir stand, spiegelte keinerlei Freude wider. Du hattest so gar nicht mit mir gerechnet.

Während ich noch dasitze und mir Hoovers Schnodder aus dem Gesicht wische, nimmt er Witterung auf, schnuppert aufgeregt und läuft zielstrebig zu dem toten Maisfladen-Mädchen, das in der Nähe seines Napfes herumliegt.

»Hoover, nicht! Aus!«, rufe ich ihm entsetzt zu, als ich sehe, dass sich seine Schnauze in die Lache ihres Blutes senkt und ein schlabberndes Geräusch folgt. Wie so oft – eigentlich wie immer, wenn ich kein Leckerli für ihn in der Hand halte – beschließt er, meinen eindeutigen Befehl zu missachten. Er hält nur kurz inne, wirft mir einen raschen Blick zu und checkt, ob ich meine Anordnung nur ausspreche oder tatsächlich vorhabe, mich durchzusetzen. Nachdem ich mich nicht rühre, schlabbert er genüsslich weiter. Typisch!

Irgendwie erinnert mich das an ein Erlebnis, das ich mit ihm auf der Hundewiese hatte. Weil du ihn nie kastrieren lassen wolltest, reagierten andere Hunde oft aggressiv auf den treudoofen Idioten, den ich nach drei Jahren mit dir fast schon als eigenen Hund betrachtete. Hoover, sogar wenn er gebissen wurde, schaute stets nur dumm aus der Wäsche, tat aber nichts, doch waren wir stets skeptisch, wenn uns andere Hunde begegneten. Trotzdem wagte ich eines Tages den Versuch, gemeinsam mit einer Bekannten und ihrem noch recht jungen Rüden, in den Park auf die Hundewiese zu gehen. Anfangs lief's super. Hoover tobte, spielte mit anderen und hatte sichtlich Spaß, ohne dass es zu Reibereien gekommen wäre. Dann aber steuerte er schnurstracks auf einen der zusehenden Hundehalter zu, hob sein Bein und markierte sein Revier, indem er dessen sündhaft teuer aussehenden Mantel vollpisste. Auch bei dieser Gelegenheit schrie ich aus vollem Hals »Hoover, nein!«, was natürlich nichts brachte. Gott, war mir das damals peinlich. Jetzt aber muss ich bei dieser Erinnerung schmunzeln und das Entsetzen fällt von mir ab, als wäre es das Blei an meinem Tauchgürtel, den ich gerade abwerfe. Vielleicht liegt es auch an den Tabletten und dem ganzen Rest, dass ich es mit einem Mal saukomisch finde, dass er offensichtlich deinen Geschmack teilt. Inzwischen hat Hoover damit begonnen, an der blutigen Lippe der Toten herumzuknabbern. Achselzuckend beschließe ich, dass es mir egal ist.

Statt Hoover davon abzuhalten, das kleine Flittchen zu vernaschen, rapple ich mich auf und wanke ins Bad zur Toilette. Der Blick in den Spiegel, der dabei nahezu unvermeidlich ist, offenbart Schreckliches. Die Lippen so rot vom Blut, die Haut so weiß wie Schnee und die zerzausten langen Haare so schwarz wie Ebenholz – eine moderne Horrorversion von Schneewittchen. Das Tic-Tac-Toe-Muster kontrastiert auf meinen blassen Brüsten, verkrustet an manchen Stellen, doch manche der Schnitte sind so tief, dass noch immer Blut hervorquillt. Am Erschreckendsten aber ist der Ausdruck, der in meinen Augen liegt. Meine Pupillen scheinen groß wie Wagenräder zu sein. Wahnsinn, Schmerz und unfassbare Einsamkeit liegen auf dem Grund dieser verratenen Seele, in die sie tief blicken lassen. Schnell wende ich den Blick ab.

Mit wackeligen Schritten erreiche ich die Toilette und, obwohl ich eben noch dringend pinkeln musste, setze mich nicht, sondern falle davor auf die Knie, von einer plötzlichen Welle der Übelkeit übermannt. Ich treffe so hart auf den Fliesen auf, dass ich sicher sein kann, später blaue Flecken zu bekommen, kann jedoch nicht mal vor Schmerz laut aufschreien, weil schon der erste Schwall bitterer Kotze aus meinem Mund schießt. Hauptsächlich Alkohol, Magenflüssigkeit und noch unverdaute Pillenreste, denen ich aus tränenden Augen hinterherblicke. Die Chancen auf mein eigenes Ableben dürften nun noch schlechter stehen als zuvor.

Der nächste Schwall folgt. Ich übergebe mich so lange, bis es eigentlich nur noch ein trockenes Würgen ist, doch die Übelkeit lässt nicht nach. Meine Kehle fühlt sich wund an. Entkräftet hebe ich den Arm, betätige die Spülung und schaffe es dann, mich irgendwie auf die Brille zu liften und das zu erledigen, weshalb ich eigentlich ins Bad gekommen bin. Danach sitze ich minutenlang entkräftet da, mit ausgelaugtem Körper und so verwirrtem Geist, dass ich rückblickend kaum sagen kann, ob ich in diesen Minuten überhaupt einen klaren Gedanken fassen konnte oder nur Matsch in der Birne hatte.

Der Geschmack in meinem Mund ist, ja genau, zum Kotzen, doch da ich das bereits hinter mir habe, rapple ich mich langsam hoch und bringe die paar Schritte zum Waschbecken hinter mich, wo ich mich erneut mit meinem Spiegelbild konfrontiert sehe. Zu behaupten, mein Anblick hätte sich dadurch, dass ich mir alles noch mal durch den Kopf habe gehen lassen, in irgendeiner Form verbessert, wäre glatt gelogen. Nach wie vor bin ich kalkweiß im Gesicht, das nun von einem dünnen, chemisch riechenden Schweißfilm überzogen ist, wie auch der Rest meines Körpers. Fuck, meine Leber, die Nieren oder was auch immer für diese Ausdünstungen verantwortlich ist – die zuständigen Organe arbeiten auf Hochtouren und geben sich sichtlich Mühe, die Giftstoffe abzutransportieren, die ich mir zuführe. Angeekelt greife ich nach der Zahnbürste, die in einem Glas auf dem Waschbecken steht. Ich mache sie nass, gebe etwas Zahnpasta drauf und stelle mich, während ich sie mir in den Mund schiebe, unter die Dusche.

Anfangs ist das Wasser so kalt, dass ich zusammenzucke und spontan auf einen Herzinfarkt hoffe, aber es erwärmt sich schnell. Bevor es zu warm wird, spucke ich aus, spüle mir den Mund und stelle mich direkt unter den Strahl. Schmerzhaft brennt das Wasser in meinen Wunden, doch daran gewöhnt man sich. Ich senke den Kopf und sehe zu, wie sich die vormals klare Flüssigkeit rötlich einfärbt, während sie über meinen Körper rinnt und im Abfluss verschwindet. Weil ich mich noch immer wackelig und unsicher fühle, lehne ich mich mit dem Rücken gegen die geflieste Wand der Dusche und lasse mich daran hinab auf den Boden gleiten. Dort sitzend schließe ich die Augen und lasse das Wasser auf mich einprasseln. Ich wünschte, es würde nicht nur das Blut davonspülen, sondern auch den Schmerz in meinem Inneren, die Trauer und – das Schuldgefühl? Fühle ich mich schuldig, weil ich zwei Menschenleben auf dem Gewissen habe?

Ich versinke in meinen Gedanken und verliere abermals das Zeitgefühl. Aus meinem lethargischen Zustand löse ich mich erst, als mir längst eiskalt ist, obwohl das Wasser noch immer warm auf mich herabrieselt. Während ich fröstelnd aus der Duschkabine komme und die kühlere Luft im Rest des Bades dafür sorgt, dass ich unkontrolliert zu zittern beginne, schießt mir durch den Kopf, was ich im Tauchkurs gelernt habe: Ein Körper im Wasser kühlt fünfundzwanzig Mal schneller aus, als an der Luft, was an der Konvektion liegt. Wäre es möglich, so lange zu duschen, bis man so stark unterkühlt ist, dass der Körper endgültig schlapp macht? Solange mir noch warm war, wäre mir diese Todesart sicher verlockender erschienen als nun, da ich schon bibbere. Da ich ohnehin nicht weiß, ob dieses Unterfangen von Erfolg gekrönt sein könnte – anschließend an einer Lungenentzündung zu verrecken wäre wohl wahrscheinlicher –, beschließe ich, es nicht auf einen Versuch ankommen zu lassen. Stattdessen greife ich zu einem Handtuch und rubble mich energisch trocken, ungeachtet der Tatsache, dass die Schnitte, die ich mir beigebracht habe, wieder zu bluten beginnen. Anschließend wickle ich mich in das Badetuch. Langsam weicht die Kälte, doch nicht schnell genug.

Ich würde gern kuscheln und frage mich, ob du noch ein bisschen warm bist.

KAPITEL 5

Zurück in dem großen Raum, der Küche, Wohnzimmer und Esszimmer zugleich ist – die letzten Jahre war er zudem mein Arbeitsplatz im Homeoffice – bietet sich mir ein Anblick, der entsetzlich und zugleich irgendwie drollig ist. Hoover hatte wohl mehr als nur ein bisschen Appetit. Wer weiß, wie lange du ihn schon nicht mehr gefüttert hast. Wäre nicht das erste Mal, dass du deine Verpflichtungen vergessen hast, die mit der Anschaffung eines Hundes nunmal einhergehen. Mir gehen all die Sonntage durch den Kopf, an denen du zu verkatert warst, um das arme Tier auch nur pinkeln zu lassen und seelenruhig abgewartet hast, bis ich deine Aufgaben übernahm. Hoovers Appetit war jedenfalls groß, was mir ein Blick in den entstandenen Hohlraum im Bauch des Nacho-Mädchens verrät. Einen guten Teil ihrer Innereien hat er bereits verspeist. Nun knabbert er eher gelangweilt an einem Stück ihres Darms herum, wohl weniger aus Hunger sondern mehr, weil die olle Fressmaschine eben nie genug bekommt. Als er bemerkt, dass ich aus dem Bad komme, hält er inne, schaut mich abwartend an und wedelt zurückhaltend mit dem Schwanz, als hätte er sich verbotenerweise über unseren Sonntagsbraten hergemacht und würde Schelte erwarten.

Statt zu schimpfen tätschle ich ihm im Vorbeigehen den Kopf. Sein blutverschmiertes Maul scheint sich zu einem Grinsen zu verziehen. Er wirkt zufrieden, also bin ich es ebenfalls.

Ich lasse den blutigen Schlamassel hinter mir und gehe, darauf bedacht, nicht ins Blut und die herumliegenden Fleischbröckchen zu treten, zurück zum Sofa, wo ich mich an dich schmiege.

Das Einsetzen der Leichenstarre hat längst begonnen und was zunächst nur deine Lider und Kaumuskeln betraf, setzt sich nun auch in den kleineren Gelenken fort. Dein Arm ist noch biegsam genug, um ihn wieder um mich zu schlingen, doch das Händchenhalten gestaltet sich schwierig. Deine Finger sind kalt und bereits steif. Ich nehme eine deiner Hände in meine und breche Finger für Finger die Starre, bis es mir gelingt, meine mit deinen zu verschränken.

Komisch, dass ich noch immer so ein Bedürfnis habe, dir nahe zu sein, obwohl du mich belogen und betrogen hast und obendrein gar nicht mehr bist. Ist vermutlich dasselbe wie mit dem T-Shirt von dir, das ich vor meinem Auszug mit deinem Parfum bespritzte und mitnahm, damit ich die Augen schließen, daran riechen und mir vorstellen kann, du wärst noch bei mir.

Mir ist immer noch kalt und von dir geht nicht mehr das aus, was man als menschliche Wärme bezeichnen könnte, also hangle ich mir die kuschelige Sofadecke, die ich uns irgendwann gekauft hatte, damit unsere Bettwäsche nicht andauernd im Wohnzimmer liegt. Sie ist schwarz, flauschig, groß genug für zwei und ich hatte sie dagelassen, weil ich die Vorstellung mochte, dass du dich auch weiterhin in etwas schmiegst, das mit mir zu tun hat. Als ich sie über uns ziehe, fühle ich mich sofort ein wenig behaglicher. Langsam lässt mein Zittern nach und zumindest in meine Glieder kehrt die Wärme zurück.

Mit der Wärme kommt die Müdigkeit.

***

Der Regen sticht in meine Augen wie tausend kleine Nadelspitzen. Ich kneife die Lider zusammen, lasse sie gerade weit genug offen, um durch einen schmalen Spalt noch etwas sehen zu können, wenn auch nicht viel. Das Unwetter hat die Sicht auf unter drei Meter reduziert, die eintretende Dämmerung erledigt den Rest.

»Jetzt vermisse ich meine Sonnenbrille noch mehr als vorhin, während die Sonne noch schien«, schreie ich über den Regen und den Sturm hinweg dem Fahrer ins Ohr, um dessen Hüfte ich mich klammere. Er ruft etwas zurück und aus den Wortfetzen, die der Wind nicht sofort mit sich reißt, kann ich mir zusammenreimen, dass es in Richtung ›Ich kann dich nicht verstehen, Baby‹ ging.

Die Palmen am Straßenrand fliegen an uns vorbei und meine langen schwarzen Haare flattern trotz der Nässe in den Sturmböen und im Fahrtwind. Eine Gänsehaut überzieht meinen Körper und zum ersten Mal, seit wir uns in diesem Land befinden, ist mir nicht schweißtreibend heiß, sondern kalt. Das Wasser auf meiner Haut lässt sie fünfundzwanzigmal schneller auskühlen, als es die stehende Luft tun würde, die ohnehin zu warm für einen kühlenden Effekt ist. Trotzdem spüre ich die Kälte kaum. Mein steigender Adrenalinpegel verhindert, dass ich mich auf etwas anderes als die Straße konzentriere, die vor uns liegt. Diese schmale schwarze Schlange im Urwald, unbeleuchtet, auf deren asphaltierten Schuppen wir durch den Monsun rasen.

Auf der anderen Straßenseite fliegen Autos, Lastwagen, Roller und Tuk Tuks vorbei, die durch den dichten Vorhang aus Regen aussehen wie schemenhafte Geister und Irrlichter. Wir rasen auf eine scharfe Kurve zu. Am Straßenrand steht ein kleiner Schrein, der die Fahrenden vor Unheil schützen soll. Der Wagen hinter uns hupt zweimal – nicht um zu drängeln, sondern als eine Art Stoßgebet, bevor er ausschert und an unserem Roller vorbeizieht.

Mein Griff um deine Hüfte wird fester, als der Motorroller sich in die Kurve legt.

»Ich kann fast nichts mehr sehen«, rufst du von vorn. Doch es gibt auch keine Möglichkeit, anzuhalten und uns einen Unterstand zu suchen, also fährst du weiter.

Wir hatten den Tag auf Ko Kho Khao verbracht, einer kleinen Insel, auf die wir mit einem der einheimischen Longtail-Boote übergesetzt hatten. Der Guide, der uns diesen Ausflugstipp während einer vorausgegangenen Tauchtour gab, hatte nicht zu viel versprochen. Einsame weiße Traumstrände, nahezu menschenleer, türkis-blaues Meer und paradiesische Stille, lediglich durchbrochen vom sanften Rauschen der Wellen, erwarteten uns dort. Nur vereinzelt fanden sich kleine Bars und Restaurants, die mit schattigen Plätzen, frischem Seafood, gekühlten Getränken und Hängematten lockten, die zwischen den Palmen aufgehängt waren. Einsiedlerkrebse huschten in den von ihnen besiedelten Muscheln über den Sand und zogen sich schüchtern in ihre Behausung zurück, wollte man sie aus der Nähe betrachten. Es war der perfekte Ort für ein frisch verliebtes Paar, das sich selbst genug war. Kein Wunder, dass wir erst viel zu spät wieder aufbrachen, zu einem Zeitpunkt, zu dem sich die tägliche Regenfront bereits aufgebaut hatte und die mächtigen Wolken kurz davor waren, ihre Last abzuwerfen.

Die Sicht wird noch schlechter. Du fährst langsam, doch alle Vorsicht ist vergebens. Wir befinden uns praktisch im Blindflug. Meine Fingernägel bohren sich in deine Seite, während du orientierungslos immer weiter nach rechts abdriftest, als wäre dir plötzlich entfallen, dass in Thailand Linksverkehr herrscht.

»Links … fahr weiter links!«, schreie ich panisch. Auch der Fahrer des entgegenkommenden Busses voller Touristen versucht, dich zu warnen, indem er ein Hupkonzert anstimmt. Er hat keinen Platz, um auszuweichen. Neben seiner Spur führt ein dicht bewachsener Abhang gute zwanzig Meter nach unten. Eine Route zum Strand, die sicher keiner der Insassen nehmen möchte.

Splitterndes, herabfallendes Glas, das die Regentropfen ersetzt, das Kreischen von Metall, das sich unter dem Aufprall verbiegt, und das schrille Quietschen zu spät gezogener Bremsen, all das spult sich im Bruchteil einer Sekunde in meinem Kopf ab, eine entsetzliche Vision dessen, was geschehen könnte, was geschehen wird … doch im letztmöglichen Moment reißt du den Lenker herum und schaffst es, der tödlichen Gefahr auszuweichen.

Eine Minute später führt die Straße endlich aus dem dunklen Regenwald heraus und wir erreichen eine kleine Ortschaft, deren Namen wir nicht kennen. Schon von Weitem sehen wir das Leuchten einer Reklametafel über einem kleinen Supermarkt, vor dem ein paar Tische und Bänke unter einem

Vordach stehen. Die dort sitzenden Einheimischen, die sich rechtzeitig einen trockenen Platz gesucht hatten, lachen amüsiert, als der Roller mit den vollkommen durchnässten Touristen davor zum Stillstand kommt.

Schnell steigen wir ab und hasten ins Trockene.

Obwohl die Anwesenden der Sprache der jeweils anderen nicht mächtig sind, funktioniert die nonverbale Kommunikation hervorragend. Lachend und gestikulierend kommentieren die Thai das Wetter und den desolaten Zustand der beiden Deutschen. Wir stimmen in das Kichern mit ein. Dem Tod knapp entronnen zu sein, macht euphorisch.

»Ich weiß, ich muss noch fahren«, sagst du, »aber nach der Nummer brauche ich ein Chang.«

»Bring mir eins mit!«

Während du in den Laden gehst, um das Bier zu holen, setze ich mich an einen freien Tisch und ziehe ein Handtuch aus dem *Drybag*, das über meiner Schulter hängt. Meine Hände zittern dabei, ob wegen der Kälte oder der langsam abklingenden Angst, kann ich nicht genau definieren. Ich trockne mir das Gesicht und die Arme ab, halte mich aber nicht mit dem Rest meines Körpers auf, an dem die Kleidung wie eine zweite Haut klebt.

Augenblicke später stellst du zwei Flaschen auf den Tisch, die in einem Halter aus Schaumstoff stecken, der die Getränke bei der tropischen Hitze länger kühl halten soll und die auch jetzt herrscht, nur dass wir sie wegen unseres ausgekühlten Zustands nicht als solche empfinden. Auch du bist bis auf die Knochen durchgefroren und schlotterst. Vielleicht ist es auch die Angst, die dir nach diesem Höllenritt in den Gliedern steckt, die dieses Zittern verursacht. Trotzdem überzieht ein jungenhaftes Grinsen dein Gesicht, was dich jünger als Anfang vierzig wirken lässt.

»Wir hätten wirklich früher losfahren müssen«, stellst du das Offensichtliche fest. »Das war wirklich heftig. Ich konnte die Straße kaum noch erkennen.«

»Wir hätten wirklich früher anhalten sollen«, entgegne ich, während ich liebevoll deinen kahlgeschorenen Kopf und die tätowierten Schultern mit dem Handtuch trocken reibe. »Außerdem hätte es dieses Unwetter rein rechnerisch gar nicht geben dürfen. Wie lang sind wir schon hier? Zehn Tage? Und bisher hat es jeden Tag wie aus Eimern geschüttet, wenn auch nie lang. Laut der Lady im Reisebüro sollte die Monsunzeit im November vorbei sein und es dürfte, statistisch gesehen, nur neun Mal regnen.«

»Das reicht«, sagst du und wehrst meine rubbelnden Hände ab, entwindest ihnen sanft das Handtuch und legst es mir um die Schultern. »Wickel du dich lieber darin ein. Du frierst, Süße.« Dann setzt du hinzu: »Ich hätte auch früher angehalten, aber ich konnte ja schlecht mitten auf der Straße stehen bleiben. Da draußen gab es wirklich nichts, außer diesem verfluchten Regen. Bist du okay?«

Ich strahle dich verliebt an. Du hast das Talent, stets das Richtige zu sagen und zu tun und das beweist du jeden Tag, seit wir uns kennengelernt haben. Dieses Kennenlernen liegt nicht besonders lange zurück, erst sieben Wochen, und die gegenseitige Attraktion ist noch frisch. Obwohl mir scheußlich kalt ist, nicke ich und hebe meinen Daumen, nur um das Gesicht zu einem noch breiteren Grinsen zu verziehen, als ich diese Geste schnell revidiere und stattdessen mit Daumen und Zeigefinger ein O forme. Das Taucher-Zeichen dafür, dass alles in Ordnung ist. »Verdammt«, sage ich lachend. »Ich muss mir diesen erhobenen Daumen wirklich abgewöhnen. Sonst müssen wir bei unseren zukünftigen Tauchgängen andauernd auftauchen, nur weil ich dir sagen möchte, dass alles gut ist.«

Ich greife nach den Flaschen, drücke dir eine davon in die Hand und lasse meine dagegen klirren. Nach einem Schluck von meinem Bier setze ich hinzu: »Kurz ging mir der Arsch richtig auf Grundeis. Einen Moment lang dachte ich wirklich, das war's jetzt, gleich sind wir tot.«

Still für mich denke ich, dass ich mich dennoch nie lebendiger gefühlt habe, als in diesen letzten Wochen, die ich mit dir verbracht hatte, und besonders an diesem Tag. Dabei ahne ich nicht, dass der Tod in unserer Nähe lauert und erst begonnen hat, mit uns zu spielen, als wären wir Mäuse und er ein gelangweiltes Kätzchen.

Mit einem Mal wird der Sturm wieder stärker und zerrt an dem Handtuch, das du schützend um mich gelegt hast. Er reißt es hinfort, ebenso das schützende Dach unseres Unterschlupfs, den Roller und dich. Alles wirbelt umher, fliegt um mich herum, immer wieder sehe ich dein Gesicht und – fliegt da eine Kuh neben dir her?

KAPITEL 6

Nach dem Aufwachen brauche ich einen Moment, um mich zu orientieren. Der Traum – vielmehr eine Erinnerung, von der fliegenden Kuh mal abgesehen – war so lebhaft und intensiv, dass ich beinahe erwarte, die Augen in unserem Hotelzimmer in Thailand aufzuschlagen, doch nach ein paar Wimpernschlägen verflüchtigt er sich. Nur die Kälte bleibt und die Frage, was diese verrückte Kuh in dem Traum symbolisieren sollte.

Die Decke, in die ich uns gehüllt hatte, ist auf den Boden gerutscht und ich bin total ausgekühlt. Vielleicht waren es die endlos lange Dusche und das anschließende Frösteln, welche diese Erinnerungen in mir geweckt haben. Ich ziehe die Beine an den Leib, schlinge die Arme darum und berge mein Gesicht wieder an deiner Schulter. Damals, in Thailand, kamen wir nach unserem Höllenritt durch den Monsun in unserem Hotel an, wärmten uns in der Badewanne auf und liebten uns in den warmen Laken unseres Bettes.

Auch wenn mir mein Zeitgefühl völlig flöten gegangen ist, kann ich kaum lange geschlafen haben, denn noch fällt Tageslicht durch die Fenster. Meine Hand wandert zu deinem Brustkorb, die klaffende Bauchwunde meidend. Wo sonst dein Herzschlag zu spüren war, herrscht Stille. Wie gern würde ich die Zeit zurückdrehen können und mich wieder in diesem Zimmer befinden, in dem ich so glücklich und dir so nah war. Ich spüre, dass sich, wie so oft in den letzten Wochen, Tränen in meinen Augen sammeln, unterdrücke mühsam ein Schluchzen und blinzle sie weg. Als meine Sicht sich klärt, fällt mein Blick auf deinen Schwanz.

»Babe, du hast einen Ständer!«, sage ich und ein Hauch Ungläubigkeit schwingt in meiner Stimme mit. Mir ist klar, dass diese postmortale Erektion mit dem Absinken des Blutes in deinem Körper zu tun haben muss, doch der Zeitpunkt, an dem sie auftritt, scheint mir mehr als bloßer Zufall zu sein. Gerade hatte ich daran gedacht, wie es war, mit dir zu vögeln und dann …

Wäre es verrückt, wenn ich …?

Ja, zweifellos, das wäre es und doch kann ich nichts dagegen tun, dass meine Hand zu deinem Schwanz wandert, ihn umgreift und seine Standfestigkeit prüft. Er steht bombenfest, als hättest du dir eine dieser kleinen blauen Pillen eingeworfen, die du dir am Anfang unserer Beziehung gekauft hattest. Damals hattest du, weil du bei deiner Ex ab und zu keinen hochbekamst, noch befürchtet, du könntest mich im Bett enttäuschen. Mit Viagra hattest du sichergestellt, dass das nicht passiert. Meine Gedanken wandern zu unserem Viagra-Wochenende, an dem wir stundenlang fickten – im Bett, auf dem Esstisch und sogar auf dem Balkon, weil du so rattenscharf warst, dass du nicht abwarten konntest, bis ich fertig geraucht hatte. Und auch hier, auf diesem Sofa, auf dem wir nun sitzen und auf dem du dich mir noch ein letztes Mal schamlos anbietest …

Wie immer bestehst du nicht auf ein Vorspiel und auch ich verzichte darauf und setze mich rittlings auf deinen Schoß. Hart presst sich dein Schwanz gegen mein Schambein. Ein prüfender Griff zwischen meine Schenkel beweist mir, dass ein liebevolles Vorgeplänkel unnötig ist. Die Gedanken an vergangene Spielchen mit dir waren ausreichend, um mich zu erregen.

Ich lasse deinen Schwanz in mich gleiten, langsam, um das Gefühl auszukosten, wie du mich ausfüllst. Bewege mein Becken, bis ich den perfekten Winkel gefunden habe, in dem du mich maximal reizt. Eine meiner Hände schlinge ich um deinen Nacken, um Halt zu finden, während ich den Oberkörper leicht zurücklehne und meinen Rhythmus finde, in dem ich dich reite.

Mein Blick haftet auf deinem reglosen Gesicht und meine freie Hand wandert zu meinem Kitzler, wo meine geübten Finger zusätzliche Reize schaffen. Meine Bewegungen werden schneller, ich stöhne und schließe die Augen, denke an deine verlangenden Küsse, die auch nachdem du mit mir Schluss gemacht hattest noch voller Begehren waren. Wie oft hast du in den Wochen vor meinem tatsächlichen Auszug noch mit mir geschlafen? Waren es fünfmal oder sechs?

Ich neige meinen Oberkörper nach vorn, schmiege mein Gesicht an deinen Nacken, schiebe das Becken nach hinten und versuche, alle Gedanken aus meinem Kopf zu verbannen, damit ich zum Höhepunkt kommen kann. Was mir sonst nur schwer gelingt ist viel einfacher, da ich mich vollkommen unbeobachtet fühlen kann und den Rhythmus selbst in der Hand habe. Kein unvermittelter Wechsel im Takt unserer Stöße, kein ablenkendes Wort, das zwischendurch fällt, nur dein steifer Schwanz, der sich in mir bewegt und mich mit unsäglicher Lust erfüllt …

KAPITEL 7

Erschöpft von unserem Liebesakt und noch stark beeinträchtigt durch die chemischen Substanzen und die Glückshormone, die nach meinem Orgasmus durch meinen Organismus kreisen, ruhe ich neben dir. Zu fertig, um Entsetzen zu empfinden, weil ich es tatsächlich mit einem Toten getrieben habe. Erstaunlich, wie scharf mich das machen konnte – so scharf, dass ich dir auf dem Höhepunkt meiner Lust, verlangend nach deinen Küssen, in die Lippe biss und aus Versehen ein winziges Stück davon verschluckte. Zählt das schon als Kannibalismus? Hätte nie gedacht, dass ein Hang zur Nekrophilie in mir steckt, doch was soll's, ist nicht das Erste oder Einzige, was ich in letzter Zeit über mich gelernt habe.

Bevor ich in irgendeiner Weise reflektieren könnte, was das alles war, reißt mich ein Geräusch aus meinen ziellos dahintreibenden Gedanken – unverkennbar das Eintreffen einer WhatsApp-Nachricht auf deinem Handy, was mir der charakteristische Ton verrät, denn du verwendest dafür einen Signalton, der wie das Öffnen einer Bierflasche klingt. Passend, für einen Alki wie dich. Kurz sehe ich mich um, kann dein Telefon jedoch nirgends entdecken. Egal. Meine Gedanken wandern zu deinem Alkoholkonsum, der teilweise bedenklich war. Maßvoll feiern war eher nicht so dein Ding und der erste Suff der Woche war meist nicht erst am Wochenende angesagt, sondern am kleinen Freitag, wie du den Donnerstagabend gern genannt hast, den du zum Männerabend und zum Treffen mit Freunden auserkoren hattest. Dein Männertag war dir fast schon heilig. Wenn wir mit Freunden weggingen oder auf Konzerten waren, sah man dich nie ohne Bier in der Hand. Tatsächlich konntest du oft nicht mal bis zum Eintreffen am Veranstaltungsort warten, sondern hast dich schon vorher druckbetankt und einen Späti frequentiert, um dir ein Wegbier sowie ein Fläschchen Pfefferminzschnaps zu gönnen. Don Promillo in Aktion, keine Feier ohne den geliebten Hopfenblütentee.

Wie oft hab ich dich in unseren drei Jahren besoffen aufgesammelt, weil du auf dem Heimweg aus der Kneipe in irgendeinem Hauseingang hocken geblieben und eingepennt bist und mich orientierungslos anriefst, als du wieder aufwachtest? Nachgesehen habe ich dir das nur, weil du wenigstens ein funktionaler Alkoholiker warst, der, egal wie heftig der Suff des Vorabends ausgefallen war, am nächsten Morgen aufstand und zur Arbeit ging. Weil ich mich trotz deiner Laster auf dich verlassen konnte. Für mich hörte der Spaß immer erst dann auf, wenn du dich angetrunken hinters Steuer deines protzigen

Wagens setzen wolltest und ich dir den Schlüssel abnehmen musste.

Abermals ploppt ein Kronkorken hörbar vom Flaschenhals und statt mich zu fragen, wer's denn so wichtig damit hat, dich zu erreichen, denke ich daran, wie sehr ich es gehasst habe, wenn du mit deiner Sucht auch noch kokettiert hast.

»Ich bin eben 'ne Fotze, Süße, und daran wird sich auch nie was ändern«, waren die wohl ehrlichsten Worte, die ich je aus deinem Mund kommen hörte – und ich widersprach, weil ich nicht wahrhaben wollte, dass dieser Mann, der mir ansonsten so tolle Seiten von sich zeigte, eben auch nur ein armes Würstchen wie so viele andere war.

Ich wusste, dass du beschädigte Ware warst und wischte diese Tatsache mit dem Gedanken *Irgendwie sind wir das doch alle* beiseite, wenn sie sich aufdrängte. Im Gegenzug wollte ich nichts über meine Kifferei hören, der ich mit ebenso großer Begeisterung frönte, um dieses Leben so erträglich wie möglich zu machen. Auch jetzt, da ich darüber nachdenke, wächst in mir der Wunsch, mir einen Joint zu drehen.

Während ich den Tabak auf einem langen Blättchen zurechtlege und das Gras zerkleinere, ploppt der Kronkorken zum dritten Mal und ich verdrehe die Augen. Langsam schwant mir, wer der Absender dieser Botschaften sein muss, denn so penetrant und hartnäckig ist gewöhnlich nur deine Mutter.

Seit dem Unfall, den du an deinem einundzwanzigsten Geburtstag gebaut hast, hat die arme Frau keine ruhige Minute mehr, wenn ihr kleiner Prinz eine längere Fahrt mit dem Auto unternimmt. Kein Wunder, schließlich bist – warst – du ihr einziges Kind und bist damals gerade noch dem Tod von der Schippe gesprungen – im Gegensatz zu dem sechzehnjährigen Mädchen, das auf deinem Rücksitz saß. Ein weiterer Insasse deines Fahrzeugs kam mit so schweren Verletzungen davon, dass er seinen erlernten Beruf nicht mehr ausüben konnte und zunächst für fünf Jahre arbeitsunfähig geschrieben wurde. Es ist davon auszugehen, dass er auch heute noch täglich an dich denkt, denn ganz erholt hat er sich davon nie. Du dagegen kamst recht glimpflich davon. *›Der Angeklagte, Sascha Gittel, erlitt ebenfalls Verletzungen, die allerdings nicht zur dauerhaften Beeinträchtigung seines körperlichen Wohlbefindens führten. Franka Wolkenschläger wurde so schwer verletzt, dass sie noch am Unfallort unmittelbar nach der Kollision mit dem Laternenmast verstarb.‹* So steht es in den Gerichtsakten, die du mir irgendwann mal gezeigt hast – als du dich sorgtest, man könnte deinen Antrag auf einen Waffenschein wegen deiner Vorstrafen ablehnen.

Dein schlechtes Gewissen, weil du einem Mädchen das Leben gekostet und ein paar weitere ruiniert hast, war auch nach zwanzig Jahren noch groß, weil so etwas zu den Dingen zählt, die man sich nie verzeihen kann. Eine Freiheitsstrafe von zwei Jahren, ausgesetzt zur Bewährung, war nicht Bestrafung genug, um zum Gefühl zu gelangen, genug gebüßt zu haben. Das merkte ich nicht etwa daran, dass du viel darüber gesprochen hättest, sondern an kleinen Dingen, wie dem Bild von ihr, das du in einem blutroten Rahmen so auf einem Regal platziert hattest, dass du es beim Heimkommen ansehen musstest. Ich habe mich oft gefragt, ob dieses Schuldgefühl, das du bewusst wach und lebendig gehalten hast, der Grund für dein Bedürfnis war, so viel zu trinken – oder dafür, dass du manchmal glaubtest, so etwas wie Glück nicht verdient zu haben.

Andere Male dachte ich, dass es vielleicht an der Erziehung lag, denn auch dein Vater liebt es, einen zu zwitschern. Selbst auf mich hatte euer Trinkverhalten mit der Zeit abgefärbt, auch wenn der Alk nie mein bevorzugtes Gift war. Kamen wir sonntags zu deinen Eltern zum Essen – familiäre Stunden, die ich immer schön fand –, stand stets schon das Bier für dich und der Wein für mich kalt. Und Kurt, dein Vater, der meist schon am Herd oder Grill stand, nutzte unsere Anwesenheit freudig aus, um den vor seiner Frau in der Garage versteckten Schnaps mit dir zu süffeln, während ich für die Unterhaltung der mütterlichen Front sorgte und Martha ablenkte, die gewöhnlich mit Argusaugen über euren Konsum wachte.

Besonders deinen Vater mochte ich gern, weil er mich ein wenig an meinen erinnerte, mit seiner spaßig-herzlichen Art. Ich fand's schön, wenn er mich in den Arm nahm und mich ›meine Kleene‹ nannte, obwohl ich lange Beine habe und nicht gerade ein Zwerg bin. Das hatte sowas, na ja, etwas Väterliches eben und gab mir das Gefühl, mehr und mehr zu einem echten und festen Bestandteil deiner Familie zu werden. Selbst die gluckenhafte Art deiner Mutter machte mir nichts aus, auch wenn ich schnell merkte, dass ihre immer herzlich klingenden Chatnachrichten an mich stets auf dieselben Fragen hinausliefen: »Wie geht es meinem Jungen und was macht er?« Bevorzugt kam sie dann auf mich zu, wenn du auf irgendwelchen Konzerten oder Männerausflügen unterwegs warst und nicht schnell genug Meldung bei ihr machtest, wenn du irgendwo angekommen warst.

»Hallo, meine liebe Sandra, ich hoffe, du genießt das schöne Wetter und die freie Zeit, die du mit Hoover verbringen kannst. Hat sich der irre Typ schon bei dir gemeldet und wann gedenkt er denn, heimzukommen? Einen schönen Sonntag mit dem Dicken und liebe Grüße von uns beiden.« Und natürlich vergaß sie auch die beschissenen Herzchen nicht.

Wie wenig echte Zuneigung dahinter steckte und dass sie mit jeder x-Beliebigen so freundlich umgehen würde, die ihr Zugang zu dem Teil deines Lebens, der ohne Mutti stattfindet, verschaffen kann, wurde mir in den letzten Wochen klar. Denn seit sich mein Nutzen für sie erledigt hat, höre ich kein Wort mehr von ihr. Kein mitfühlendes »Hallo Sandra, wie verkraftest du denn, was mein Sohn dir angetan hat?«, keine besorgtes »Kommst du klar?«

Nun klingelt dein Handy, jemand ruft an. Ich verorte das Geräusch, das aus der Richtung der Garderobe ertönt, stehe auf und ziehe das Gerät aus der Lederjacke, die du beim Reinkommen achtlos über einen Haken geworfen hattest. ›Martha Gittel‹ bestätigt die Anzeige auf dem Display meine Vermutung, bei wem es sich um den Störenfried handeln muss. Abwartend, bis das Klingeln aufhört und deine Mailbox anspringt, halte ich das Ding in der Hand. Endlich verstummt es. Dafür höre ich keine Minute später das WhatsApp-Standardgeräusch, das ertönt, wenn eine Nachricht eingeht. Es war nur leise vernehmbar und kam aus der Handtasche, die neben der Reisetasche, die dein neues Betthäschen angeschleppt hatte, auf dem Boden liegt. In mir keimt ein Verdacht. Ich sehe im großen Fach der Handtasche nach, dann in der Seitentasche, wo ich fündig werde. Nun liegt auch ihr Smartphone in meiner Hand. Es lässt sich mit einem Tastendruck entsperren und nachdem ich ein paar Mal auf das Display gedrückt habe, öffnet sich der Messenger und ich sehe mit eigenen Augen, wie absolut austauschbar ich nicht nur für dich, sondern auch für deine Mutter war.

»Hallo, meine liebe Melitta«, steht dort. »Es war schön, dich vorgestern kurz kennenzulernen. Hoffentlich hattet ihr eine schöne Zeit, bei eurem Kurztrip nach Prag. Wir drücken die Daumen, dass eure Fahrt gut verläuft und ihr nicht im Stau stecken bleibt. Sag Sascha bitte, er soll sich kurz bei mir melden, wenn er zu Hause angekommen ist. Liebe Grüße von uns beiden, Martha.«

Ich spüre, wie bittere Gallenflüssigkeit in meiner Kehle emporsteigt.

KAPITEL 8

Obwohl ich nicht das Bedürfnis habe, mit Martha auch nur noch ein einziges Wort zu wechseln, tippe ich eine Botschaft für sie ein. Da es sich um den ersten WhatsApp-Kontakt zwischen ihr und dem toten Nacho-Mädchen handelt – nun, da ich ihren Namen lese, fällt mir auch wieder ein, dass sie sich im sozialen Netzwerk ›Melitta Mascarpone‹ nannte. *Wie kam ich nur auf Kartoffelchips?* –, muss ich mir keine Sorgen machen, Martha könnte merken, dass sie mit der Falschen spricht.

»Hallo Martha«, tippe ich flink. »Wir hatten eine wundervolle Zeit und sind schon auf den letzten Metern. Deine Grüße richte ich sehr gern aus und deine Bitte leite ich weiter. Liebe Grüße zurück!« Schnell sende ich die Nachricht ab. Erst dann wird mir bewusst, dass mir dies maximal zwei oder drei Stunden Ruhe erkauft hat, bevor Martha erneut am Rad drehen wird, weil Sascha sich immer noch nicht persönlich gemeldet hat. Wenn es überhaupt so lange dauert. Könnte ja sein, dass auf diesen letzten Metern ein Unfall passiert. Dabei kommen statistisch gesehen viel mehr Menschen im eigenen Zuhause ums Leben als im Straßenverkehr. Ein Blick auf die anwesenden Verstorbenen bestätigt dieses gewiss empirische Forschungsresultat. Cleverer wäre gewesen, ihr zu schreiben, dass ihr noch ’ne Nacht dranhängt.

Egal, nicht mehr zu ändern, denke ich schulterzuckend und beschließe, ungefähr eine halbe Stunde zu warten, bevor ich mir deinen Finger leihen, deine Funke entsperren und eine zweite Nachricht abseilen werde, die sie wissen lässt, dass du sicher aber müde von der langen Fahrt zu Hause angekommen bist und sie morgen im Lauf des Tages anrufen wirst.

Meine Finger schweben über dem Feld, mit dem ich die Bildergalerie des ›Mascarpone-Handys‹ öffnen könnte. Die Versuchung ist groß, draufzuklicken und mir anzusehen, wie schön es in Prag tatsächlich war – bestimmt hat sie Fotos gemacht –, doch ich zögere. Bin ich bereit für den Schmerz, der damit einhergeht, dich in den Armen der anderen zu sehen, verliebt turtelnd und einander Küsschen auf die Wange drückend?

Auf keinen Fall!, entscheide ich. Damit ich nicht doch noch den dummen Fehler mache, mir derart wehzutun, gehe ich entschlossenen Schrittes ins Bad und werfe das Ding kurzerhand in die Toilette, darauf bauend, dass das blau eingefärbte Wasser, das darin schwimmt, die Elektronik so nachhaltig außer Funktion setzen wird wie ich ihre Besitzerin.

Prag, verflucht! Das stand auf ›unserer‹ Wunschliste, gehörte zu den Dingen, die ›wir‹ irgendwann gemeinsam unternehmen wollten. Und nur ein paar

Wochen nach meinem von dir initiierten Auszug warst du dort mit ihr? Nachdem du sie deiner Mutter vorgestellt hattest? Gott, wie ich diese Tränen langsam satthabe, die mir schon wieder in die Augen schießen! Das Gefühl, auf ganzer Linie verraten worden zu sein, ist überwältigend. Energisch wische ich die unerwünschten Zeugnisse meiner Emotionen weg.

Um mich abzulenken, wende ich mich der Tasche des ›Mozzarella-Mädchens‹ zu und ziehe langsam den Reißverschluss auf. Ich weiß nicht, was zu finden ich erwartet hatte – vielleicht ihre getragene Reizwäsche, mit der sie dich in euren Liebesnächten in Prag heißgemacht hat –, doch was mir da auf den ersten Blick begegnet, sorgt dafür, dass mein Kiefer ungläubig nach unten klappt und mir der Mund offen steht. *Alter Schwede,* denke ich. *Damit ist wohl auch der Grad der Offenheit zwischen euch geklärt.* Im Vergleich zu dieser Lady – *Nennst du sie Herrin?* – wirke ich wie ein sexuell unbedarftes Mauerblümchen.

Ich kann nicht anders – sofort produziert mein Kopfkino die zum Gefundenen passenden Bilder und ich breche in schallendes Gelächter aus.

KAPITEL 9

Es dauert eine ganze Weile, bis ich mich wieder eingekriegt habe. Wieder laufen mir Tränen aus den Augen, doch diesmal, weil ich mir bildhaft vorstelle, wie sie dir mit ihrem Flogger den Hintern versohlt hat, während sie dir den Umschnall-Dildo hineinrammte, der mir aus ihrer Tasche entgegenpurzelte. Unter dem Strap-on kamen ein paar grobe, dich sicher gut in Position haltende Seile zum Vorschein, Latexunterwäsche – und ein Analplug mit beachtlichem Umfang. Schob sie dir den rein, wenn sie mit dir fertig war, damit du das prall gefüllte Gefühl noch ein Weilchen genießen konntest? Und ließ sie dich dann 'ne Weile mehr als nur sprichwörtlich im eigenen Saft schmoren? Zu geil! Irgendwie dämmert mir gerade, was wohl mein größter Fehler war: Ich habe dich nicht zur kleinen willenlosen Bitch gemacht und dir nicht genug den Arsch aufgerissen, sondern bin viel zu respektvoll mit dir umgegangen. Vielleicht hätte ich dir ab und an eine wohlbemessene Portion Demütigung zukommen lassen müssen.

Ich frage mich, was dich auf den Geschmack gebracht hat. War ich es, als ich dir deinen ›Schieb-mir-deinen-Vibrator-rein-Wunsch‹ erfüllt habe? Oder hast du aus Versehen ein Buch gelesen und dich zu stark in die Protagonistin hineinversetzt? *50 Shades of Grey* ging ja an vielen Menschen nicht spurlos vorüber. Der Inhalt der ›Gorgonzola-Girl‹-Tasche suggeriert auf jeden Fall, dass ihr in eurem schäbigen Prager Hotelzimmer versucht habt, die einzigen auch nur ansatzhalber heißen Szenen nachzuspielen. Je länger ich darüber nachdenke, desto mehr drängt sich mir der Verdacht auf, du hättest vermutlich die Filme gesehen. Ja, beschließe ich, so muss es sein, denn der Gedanke an dich, mit einem echten Buch in der Hand, sei der Inhalt auch noch so trivial, ist noch absurder als der gerade gemachte Fund.

Noch immer grinsend, ziehe ich die Latexklamotten aus der Tasche und entdecke dabei einen zweiten Analplug, der nur unwesentlich kleiner als der erste ist. Der nächste Lachanfall ist damit vorprogrammiert, doch ich unterdrücke ihn mühsam. Während ich mich frage, was sich noch alles in dieser ›Spielzeugkiste‹ versteckt, jagt neben der Frage eine Eingebung durch meinen Kopf: *Oder sollte ich besser mal nachsehen, was in dir steckt?*

Gedacht, getan!

Ich gehe zum Sofa, stupse dich an und sehe zu, wie du an der Lehne entlang zur Seite rutschst und mir, kaum bist du in der Horizontalen angekommen, deine Rosette präsentierst. Nun bin ich nicht mehr zu halten! Dieser kleine, wie ein Diamant eingeschliffene Strassstein, der funkelnd das Licht reflektiert, ist zu viel für mich. In ein fast schon hysterisches Gelächter ausbrechend, lasse ich mich neben dir auf die Couch sinken und halte mir schon bald darauf die Bauchmuskeln, die ernsthaft zu schmerzen beginnen. Als mir dann noch in den Sinn kommt, dass dies vermutlich der Grund sein dürfte, warum du dich während des Sterbens nicht eingeschissen hast, ist es vollends um mich geschehen. Kleine weiße Punkte, Zeichen meines kollabierenden Kreislaufs, tanzen vor meinen Augen. Krämpfe, ausgelöst durch erheiterten Wahnsinn, zerreißen mein Innerstes und lassen mich vor Lachen neben dir zusammenbrechen.

***

Ich weiß nicht, wie viel Zeit vergangen ist. Kurz – oder lang? – war mir schwarz vor Augen, nun komme ich langsam wieder zu mir. *Was ist passiert?* Benommen richte ich mich auf, wobei ich mit einem unwillkürlich ausgestoßenen Stöhnen feststelle, dass jeder Knochen und jeder Muskel in meinem Körper zu schmerzen scheint. Trotzdem ist die Erinnerung an alles, was geschehen ist, sofort wieder da und ich habe keinerlei Orientierungsschwierigkeiten. Etwas, das mich von den Protagonistinnen in hunderten gelesenen Büchern unterscheidet. *Schade,* denke ich bedauernd, denn ein winziger Moment des gnädigen Vergessens wäre mir lieb. Zudem verspüre ich noch einen Anflug dieser irrwitzigen Heiterkeit, als mir bewusst wird, dass ich es tatsächlich fast geschafft hätte, mich totzulachen.

Ein letztes Kichern entfleucht meiner Kehle, bevor mir das Lachen quasi im Halse stecken bleibt, als erneut dein Handy klingelt. Es bimmelt und bimmelt, langanhaltend und penetrant und mir ist klar: So hartnäckig ist nur Eine! Genervt die Augen verdrehend, versuche ich, die einzige Erinnerung abzufragen, die nicht sofort wieder greifbar scheint, um mir die Frage zu beantworten, wo ich das verdammte Ding hingelegt habe. Das Handy verstummt in dem Moment, in dem ich es in die Finger bekomme, doch das Display zeigt noch einen Moment länger an, wer versucht hat, dich zu erreichen. Mutti natürlich. Seufzend ergebe ich mich der Erkenntnis, dass ich mich nicht weiter davor drücken kann, mich diesem Problem zu stellen.

Also gehe ich zu dir, lege deinen Zeigefinger auf den schmalen Sensor, der den Unterschied zwischen Leben und Tod nicht kennt. Schaue zu, wie das zuvor gesperrte Display aufleuchtet und mir vollen Einblick in die Welt deiner Anruflisten, Chatverläufe und des sonstigen Nachrichtenverkehrs gewährt. Bittere Wahrheiten warten darauf, von mir entdeckt zu werden, da bin ich mir sicher. Schmerz lauert in den flüchtig und notgeil dahingetippten Worten, die du dem toten ›Parmesan-Flittchen‹ gewiss gesendet hast, seelische Qualen lungern in deiner Bildergalerie. Das eigentlich leichte Gerät in meiner Hand fühlt sich mit einem Mal schwer an, als wöge es Zentner.

KAPITEL 10

Dein Handy zu durchstöbern, stellt ein nicht weniger großes Eindringen in deine Privatsphäre dar wie die Tatsache, dass ich mir einen Schlüssel für deine Wohnungstür nachmachen ließ, bevor ich dir das Exemplar zurückgab, das ich jahrelang mit mir herumtrug. Du warst ein hart arbeitender Mann, der an Werktagen oft zehn Stunden oder länger nicht daheim war … Ich wollte zumindest in der Anfangszeit, bis ich mich an die neuen Umstände gewöhnt hätte, die Möglichkeit haben – und sei es heimlich, still und leise – eine kurze Zeit an dem Ort zu verbringen, der sich für mich noch mehr wie mein Zuhause anfühlt, als die Wohnung, die ich unfreiwillig beziehen musste. Nur ab und an, wenn die Sehnsucht nach meinem Daheim zu groß wurde, habe ich diesen Schlüssel benutzt. Mal legte ich mich in dein Bett oder vergrub meine Nase in deiner getragenen Wäsche, ein andermal strich ich sanft über die Hüllen der herumliegenden Platten und CDs und stellte mir vor, wie du am Vorabend dagesessen und die Musik genossen hast. Wie oft habe ich dich im Lauf unseres Zusammenseins dabei beobachtet, wie du in Melodien versunken dagesessen hast und vollkommen in ihnen aufgegangen bist? Ich habe dich geliebt dafür, dass du dich so darin verlieren konntest – ebenso wie in mir, in unseren besonderen Momenten – und mein Herz schien überzufließen, gefühlsüberbordend, weil du einfach alles für mich warst. Und in diesen kostbaren Augenblicken empfand ich größte Dankbarkeit dafür, dich zu kennen. War irgendwie geiler als die Zeit danach, ich der ich mir manchmal wünschte, ich wäre dir niemals begegnet.

Einmal hättest du mich fast erwischt, bei einem meiner verbotenen Abstecher, für diese paar Minuten, die ich mich getraute, dort zu sein, wo nichts von mir geblieben ist, außer diesem verfickten Herz. Das dumme Ding, das auch dann, wenn ich mir Mühe gebe, dich abgrundtief zu hassen, noch für dich schlägt. An jenem Tag bist du unerwartet nach Hause gekommen, weil du was vergessen hattest. Nur einem glücklichen Zufall war es zu verdanken, dass ich dich vorfahren sah, schnell die Wohnung verlassen und mich mit klopfendem Herzen zwei Treppenabsätze nach oben flüchten konnte, bevor du auch schon die Haustür aufgeschlossen hast und hereinkamst. Dort, ein Stockwerk über dir, hockte ich und wartete voller Angst darauf, dass du dich hoffentlich schnell wieder vom Acker machst, denn beim Gehen gesehen zu werden, so wie du beim Herfahren, wollte ich keinesfalls riskieren.

Heute hatten du und ich weniger Glück und auch dem abgelebten ›Ricotta-Mädchen‹ war Fortuna nicht wohlgesonnen. Na ja, ihr wohl am wenigsten, wenn ich mir anschaue, was Hoover, der inzwischen satt und zufrieden vor sich hin schnarcht, aus ihr gemacht hat. *Guter Hund!*

Dass alles so eskalierte, war eigentlich nur dem Umstand zu verdanken, dass ich meine Sonnenbrille auf deinem Tisch liegen gelassen hatte, als ich am Tag zuvor da war. Ihr Fehlen fiel mir jedoch erst am Sonntagmorgen auf und ich glaubte, hoffte, betete, mir würde genug Zeit bleiben, sie zu holen, bevor du – ich schätzte, das würde erst am Nachmittag der Fall sein – heimkommen und sie bemerken könntest. Sonst war ich immer so sorgfältig gewesen, hatte stets darauf geachtet, keine Spuren zu hinterlassen, doch diesmal war ich unvorsichtig, weil ich nicht wusste, wo mir der Kopf stand. Immerhin hatte ich erst bei diesem Besuch herausgefunden, dass du ein paar Tage freimachst, um sie mit der ›Taleggio-Tussi‹ zu verbringen. Eine ausgedruckte Buchungsbestätigung, die noch auf dem Tisch rumlag, hatte mir deine Pläne offenbart und ich hatte meine Brille abgesetzt, um mir die verdammten Tränen aus den Augen zu wischen, im misslingenden Versuch, tapfer mit meinem seelischen Schmerz umzugehen.

Woher sollte ich wissen, dass du nicht nur bereits auf dem Heimweg, sondern fast schon da warst und obendrein die Herrin deines Anus im Schlepptau hattest? Scheiße, ich bekam fast einen Herzinfarkt, als die Tür sich öffnete und du mitten im Raum standest, während eine weibliche Stimme im Treppenhaus flötete: »Ich hab meine Handtasche im Auto vergessen. Bin gleich wieder da!« Das Klappern hoher Absätze folgte, sich rasch entfernend, was uns einen Moment gab, den wir nutzten, um uns fassungslos anzustarren. Einen Augenblick schien die Zeit stillzustehen – und dann ging alles ganz schnell.

Instinktiv schnellte meine Hand zum schräg hinter mir stehenden Messerblock und zog die größte Schneide heraus, als ich sah, wie sich dein geliebtes Gesicht in eine wütende dämonisch anmutende Fratze verwandelte und du auf mich zugestürmt kamst. Ich dachte nicht darüber nach, handelte aus reinem Selbstschutz, als ich den Schaft der langen und scharfen Klinge mit beiden Händen fest umfasste – und dich voll hineinlaufen ließ. Sie bohrte sich mit grausamer Tödlichkeit auf Magenhöhe in deinen Bauch, in just dem Moment, in dem du mich mit einer Hand packtest und zu dir heranzogst. Die andere hattest du bereits zum Schlag erhoben, mit einer derb formulierten Frage auf den Lippen, die nach den Worten »Was zur Hölle machst du psychopathische Fot…« in ein Keuchen überging.

Unwillig schüttle ich den Kopf und versuche, die Erinnerung an diese unschöne Szene zu verdrängen. Will nicht an deine weit aufgerissenen Augen denken oder daran, wie du vor mir zurückgewichen bist, von plötzlichem Schmerz erfüllt. Hättest du doch nur das Richtige getan und mich stattdessen fest in die Arme genommen, wäre die Klinge stecken geblieben und du wärst vielleicht mit einem ›blauen Auge‹ davongekommen. Möglicherweise hätten dich ein paar versierte Chirurgen mit ruhigen Händen noch retten können. Aber nein, deinem neuen Kurs – ›nur weg von mir‹ – musstest du ja unbedingt folgen und hast dich entfernt, radikal und diesmal für immer. Sobald sich der kalte Edelstahl aus deinem Fleisch zurückgezogen hatte, füllte Blut die klaffende Wunde und sprudelte heraus. Unmengen davon, so viel auf einmal, zusammen mit einer klaren Flüssigkeit, bei der es sich um deine Magensäure gehandelt haben muss. Zumindest dem sich schnell ausbreitenden sauren Geruch nach zu urteilen, der mit dem eisenhaltigen einherging. Blutige Schaumbläschen bildeten sich auf deinen Lippen, die ein bestürztes ›Babe?‹ formten. Dann bist du zusammengebrochen.

Diese Erinnerung liegt noch nicht so weit in der Vergangenheit, dass ich sie verarbeitet haben und sie gelassen betrachten könnte. Doch so schrecklich sie auch ist, so furchtbar es auch war, als du vor mir zusammengeklappt bist, dieses ›Babe‹ hatte etwas Tröstliches an sich, das ich mir gern ins Bewusstsein rufe. Stell dir vor, das Letzte, was du zu mir gesagt hättest, wäre tatsächlich ›Fotze‹ gewesen. Na ja, oder eben nur ›Fot…‹, aber das hätte die Sache nicht besser gemacht, oder? Wäre ›das‹ nicht furchtbar?

Ich denke daran, wie du mir früher, egal, ob ich weiterschlief, ihn im Halbschlaf erwiderte oder dadurch wach wurde, einen Kuss gabst, bevor du morgens das Haus verlassen hast. Nur für den Fall, dass die Welt untergehen und wir uns niemals wiedersehen würden. Wir hatten uns geschworen, niemals böse aufeinander ins Bett zu gehen und uns stets liebevoll zu verabschieden. Wenigstens haben wir Letzteres hinbekommen.

KAPITEL 11

Nachdem unsere Begegnung in deiner Kollision mit dem Messer gipfelte, war es leider unumgänglich, deine feurige ›Cheddar-Cheese-Mistress‹ ebenfalls umzulegen. Wobei ich zugeben muss, was aus einer Notwendigkeit heraus instinktiv beschlossen wurde, machte am Ende richtig Spaß. Es stellte sich als erstklassiges Ventil heraus, um den Druck abzubauen, der sich in mir angestaut hatte. Je öfter ich auf sie einstach, desto mehr fand ich Gefallen daran.

Ich stand da, entsetzt auf deinen blutenden Leib starrend, der sich am Boden krümmte, vollkommen unfähig, mich zu rühren oder zu begreifen, was da gerade geschehen war. Blut breitete sich rasch um dich herum aus und wurde dadurch, dass du dich vor Schmerz gewunden hast, großflächig auf dem Boden verteilt. Du strecktest den Arm nach mir aus, in einer bittenden Geste, krümmtest dich wieder und verschmiertest deinen Lebenssaft, als wäre er Fingerfarbe, mit der ein Kind auf einer Fensterscheibe malt. Mit entsetzt aufgerissenen Augen sah ich dir zu, wie du ein abstraktes Kunstwerk aus Blut schufst.

Das Klackern ihrer Absätze war es, was mich aus meiner Schockstarre riss. ›Madame Arschtorpedo‹ betrat das Gebäude. Wieder blieb keine Zeit für lange Überlegungen und so schlüpfte ich rasch hinter einen der breiten Stützpfeiler, die dem großen Raum Charakter verliehen. Stellte mich so, dass sie mich beim Eintreten nicht sehen würde – und im Verlauf würden ihre Blicke sicher nur dir gelten. Und tatsächlich: Sie stieß einen spitzen Schrei aus, als sie dich in einer Pfütze aus Blut auf dem Boden liegen sah, mit den Händen deinen Bauch umklammernd und kaum mehr bei Bewusstsein. Ihr Handtäschchen fiel zu Boden, ebenso der ›Spielzeugkoffer‹, den sie mit sich geschleppt hatte.

Klack, klack, klack, klack, klack – stöckelte sie mit schnellen Stakkato-Schritten auf dich zu und dabei an mir vorbei, ohne mich zu bemerken. Als sie neben dir auf die Knie ging, zögerlich die Hand nach dir ausstreckte und mit piepsiger, irgendwie dümmlich klingender Stimme – intelligent wie zehn Meter Feldweg – fragte »Sascha, was ist denn mit dir? Hast du dir wehgetan?«, sah ich rot und sorgte dafür, dass sie dich nie wieder anfassen würde. Mit drei schnellen Schritten, noch bevor sie deine Schulter packen und daran rütteln konnte, war ich hinter ihr, packte mit beherztem Griff ihre Haare und riss ihren Kopf, der ohnehin schon dabei war, sich dem unerwarteten Geräusch zuzuwenden, nach hinten. Meine andere Hand führte das Messer druckvoll über ihre Kehle. Mühelos durchschnitt es die zarte Haut des Halses und öffnete ihre Hauptschlagader, die prompt roten Lebenssaft verströmte. An den Haaren zerrte ich sie von dir weg, die erstickten röchelnden Geräusche und ihre überraschte und viel zu spät einsetzende Gegenwehr ignorierend. Ich stürzte mich auf sie, als sie nach hinten umkippte und wie eine auf den Panzer gedrehte Schildkröte mit den Beinen zappelte, während ihre Hände zur aufgeschlitzten Kehle fuhren und sie umklammerten. Und dann stach ich zu, wieder und wieder und wieder – und es fühlte sich verdammt gut an.

Keine Ahnung, wie oft ich auf sie eingestochen habe. Zehnmal? Zwanzigmal? Vielleicht öfter. Wie durch Butter – oder Käse – ging das Messer, traf hier und da auf den Widerstand ihrer Knochen und riss Wunden, die meinen seelischen dennoch nicht gleichkamen. Trotzdem verschaffte es mir Erleichterung und als ich letztendlich schweratmend von ihr abließ und mich von ihr abwendete, erfüllte mich tiefe Befriedigung.

Dieses Gefühl wich schnell, als ich zu dir hinsah. Wie du dalagst, schmerzverkrümmt und dem Tode nah, ließ meinen Herzschlag ins Stocken geraten, gefolgt von einem stechenden Schmerz in der Brust, der noch durchdringender war als jeder Stich eines Messers sein könnte. Ich ließ die blutverschmierte Klinge fallen, danach mich selbst, auf die Knie, um auf allen vieren zu dir zu robben, dich auf den Rücken zu drehen, mein Gesicht dicht vor deines zu schieben und mit dem meinen deinen flackernden

Blick zu suchen. Angst und eine finale Erkenntnis lagen darin, doch ich sah keinen Hass, nur noch den letzten Funken Leben, an den du dich klammertest.

»Babe! Babe, es tut mir so leid!«, schluchzte ich und drückte meine bebenden Lippen auf deine. Das Letzte, was du spürst, sollte nicht der Schmerz sein, sondern die Wärme, die Liebe, die ich für dich empfinde. Mich! Mich solltest du spüren, ›uns‹. Das, was wir hatten. Meine zitternden Finger streichelten deine Wange, spendeten Trost und Zärtlichkeit, während das Leben aus dir wich.

Klassisch, wie im Film, brach ich auf deinem Brustkorb zusammen, schluchzte und wollte nicht wahrhaben, was da gerade geschehen war. Das Gefühl absoluter Ohnmacht – gleich dem, das ich empfand, als du mit mir Schluss gemacht hast – überkam mich, mit trauriger Endgültigkeit, an der es nichts mehr zu rütteln gab. Auch jetzt steigt es wieder in mir hoch, hat sich wohl für immer eine Heimstatt in meinem Gedärm geschaffen, in das es sich schmerzhaft wühlend immer nur temporär zurückzieht.

Und immer noch halte ich dieses beschissene Handy in der Hand, das dir half, mit ›Signora Grana Padano‹ anzubändeln. Das Display ist längst erloschen und ich muss mich erneut deines Fingers bedienen und mich dazu zwingen, das Martha-Problem endlich zu lösen. Der Umstand, dass du im elterlichen Betrieb arbeitetest und Zeit deines Lebens dein Dasein als einziger Sohn und somit Thronfolger hemmungslos genießen konntest, macht es mir einfach, die gesuchte Lösung zu finden. Die Wut unterdrückend, die in mir aufsteigt, als ich deinen WhatsApp-Messenger und den Chat mit deiner Mutter öffne, mache ich mich ans Werk. *So, entzückend findet sie das neue Mädchen also und sie wünscht euch eine wundervolle gemeinsame Zeit? Danke für so viel Loyalität, Martha!*

»Hallo Mutsch!«, tippe ich ein. »Wir sind zu Hause, die Fahrt verlief reibungslos, aber nun bin ich fertig mit der Welt. Hoover geht's gut, Björn und Angelika haben sich super um ihn gekümmert. Sag Papa bitte, dass ich mir morgen freinehme – soweit ich weiß, steht im Büro nichts Dringliches an. Melitta bleibt heute noch hier. Ich melde mich morgen Abend bei dir.«

Mein Finger schwebt über dem grünen Kreis mit dem weißen Papierfliegersymbol, bereit, das Getippte abzuschicken, doch ich zögere. Unsicherheit macht sich in mir breit. Klingt die Nachricht zu glatt, zu perfekt? Martha hat eine Art siebten Sinn, der oftmals schon dann anschlägt, wenn mit ihrem Jungen alles in Ordnung ist – was, wenn sie wirklich Lunte riecht? Und selbst wenn nicht, hätte sich das Problem wieder nur temporär erledigt. Ich beschließe, ein paar Rechtschreibfehler einzubauen –

und noch eine weitere kleine Korrektur vorzunehmen.

»Hallo Mutsch! Sind zuhause, Fahrt war reibungslos, aber bin fertig mit der Welt. Hoover geht gut, Björn und Angelika haben sich gut gekümmert. Sag Papa, dass ich Morgen freinehme, So weit ich weiss, steht im Büro nichts an. Melitta bleibt noch hier. Möchtest du frühstücken kommen? Könntest Brötchen mitbringen ...«

Ich setze einen augenzwinkernden Smiley dahinter und schicke die Nachricht ab. Es dauert nur wenige Sekunden, bis die zwei grauen Haken, die mir verraten, dass sie die Empfängerin erreicht hat, sich blau verfärben. Ein paar weitere, bis eine Antwort von ihr kommt: »Passt euch um neun?«

»Zehn wäre besser, dann können wir ausschlafen. Lange Fahr und so!«

Ab damit, auch das fehlende ›t‹ wird nicht eingesetzt.

Zwinker-Smiley hinterher, diesmal mit Kussmund.

Als das erledigt ist, wird mir erst richtig bewusst, dass ich im Begriff bin, meinen ersten geplanten Mord zu begehen. Wirklich sicher, was ich von diesem eher spontan getroffenen Entschluss halten soll, bin ich mir nicht, aber nun ist es zu spät, einen Rückzieher zu machen. Oder?

KAPITEL 12

*»The questions I've been asking are quite simply beyond my reach.
Where does evil live? Is evil in the flesh?«*
Apoptygma Berzerk – Spiritual Reality

Nur kurz widme ich mich dem Chatverlauf mit ›Madame Montasio‹, klicke drauf und muss grinsen, als ich sehe, dass sie dir zuletzt ein Bild eures Zusammenseins rüberschickte, das sie schoss, während du ihr deine Rückenansicht präsentiertest und ihr Gummischwanz tief in dir steckte. Deckt sich mit dem, was ich mir vorgestellt hatte. Dann lege ich das Handy beiseite, weil mich zu sehr beschäftigt, was ich gerade angeleiert habe.

Martha umzulegen stellt keine Notwendigkeit dar – es dennoch zu tun, würde mich zur eiskalten Mörderin machen. Alles davor war in meinen Augen eine unglückliche Verkettung von Ereignissen, die ich nicht wirklich steuern konnte. Fast könnte man sagen, du hast dich selbst umgebracht, indem du mir ins Messer gelaufen bist. Und was die ›Popcorn-Schnalle‹ angeht … Was hätte ich denn tun sollen? Mit einem entschuldigenden ›Ups‹ auf deinen blutend zusammengebrochenen Körper zeigen und darauf warten, dass sie die Polizei ruft, um dann für ›deinen Fehler‹ in den Knast zu wandern? Nein, danke! Käme mir nicht wirklich fair vor. Immerhin hab ich dich auch nicht angezeigt, nachdem ein Streit zwischen uns derart eskaliert war, dass du mir wegen ein paar zu scharfer Worte den Finger brachst. Ausgerechnet den ›Fuck-Finger‹, den ich dir so gern zeigte, gespickt mit den Worten: »Fick dich, Sascha!«

Hinterher tat's dir natürlich schrecklich leid – mir tut's dafür leid, wie's heute gelaufen ist. Wirklich, Babe, das war keine Absicht!

Wie's morgen früh laufen wird, tut mir nicht leid. Kommt mir wie 'ne Art Bonus vor, Martha aus dem Weg zu räumen, doch wie genau soll ich das eigentlich anstellen? Sobald sie sieht, dass ich anstelle von Sascha – oder der ›Billigkaffee-Domina‹ – die Tür öffne, wird sie wissen, dass etwas ganz und gar nicht in Ordnung ist und auf dem Absatz kehrtmachen. Türöffner drücken, nichts sagen und aus dem Blickfeld bleiben wäre 'ne Möglichkeit. Ich könnte mich hinter der Tür positionieren, warten, bis sie eingetreten ist und ihr dann … Ja, was dann? Würde ich es wirklich fertigbekommen, sie zu erstechen, sie zu erschlagen oder sie sonst wie zu schädigen, wenn es nicht sein musste? Aus blankem Hass? Weil ich mich nicht nur von dir betrogen fühle, sondern ebenso verraten von ihr? Was, wenn ich zögere, weil das Adrenalin nicht so stark durch meine Adern fließt wie in dem Moment, in dem du mich in deiner Wohnung überrascht hast?

Außerdem war mein Plan doch, mich selbst aus dem Weg zu räumen, nachdem ich sah, welchen Schlamassel ich angerichtet hatte. Ist auch nicht so, dass ich die Schlaftabletten nicht mehr merke, die ich intus habe, oder den Alk … Der Wunsch, zu sterben, ist ebenfalls noch vorhanden, der Mut eher nicht.

»Was für eine Scheiße!«, murmle ich vor mich hin, als ich das Bauzeug zusammensuche und mir einen neuen Joint drehe. Hoffentlich bringt mir das Gras ein wenig Gelassenheit, hilft mir, zu chillen und jetzt nicht völlig durchzudrehen. Ein Mord aus niederen Beweggründen? Begangen von mir? Undenkbar! Aber trifft das nicht auf das gesamte Szenario zu, in dem ich mich gerade befinde?

Gedankenverloren streuen meine Finger den Tabak in das lange Blättchen und rollen ihn ein, lecke ich den Klebestreifen an und mache beiläufig meine Droge konsumfertig. Kurze Distraktion erfolgt erst, als ich wie immer mein Feuerzeug suche. Während mein Blick umherschweift, schwirrt mir die Frage durch den Kopf, was zum Teufel ich mit dem ganzen Blut machen soll, mit den Leichen. Wenn Martha auch nur irgendwas davon zu Gesicht bekommt, bevor sie sich in der Wohnung befindet, könnte das ihren Fluchtreflex auslösen. *Scheiße, scheiße, scheiße …*

Vor meinem inneren Auge sehe ich mich bereits eure Körper ins Bad schleppen und danach Eimer um Eimer mit frischem Putzwasser füllen, um den vollgesauten Boden wenigstens ansatzhalber sauber zu bekommen. Vermutlich ist längst so viel von eurem Blut in die Dielen gezogen, dass dieses Unterfangen hoffnungslos sein wird. *So eine verfickte Scheiße!*

Je länger ich nachdenke, desto mehr fällt mir ein, was katastrophal schieflaufen könnte. *Verdammt, ich bin einfach keine kaltblütige Mörderin!*

Und du? Du liegst einfach nur da und präsentierst mir deine diamantbesetzte Rosette, als ob du sagen wolltest: »Mir doch egal, was du aus dieser verfahrenen Situation machst. Leck mich doch einfach!«

Werde ich nicht tun!, denke ich trotzig. Der Gedanke, dich am Arsch zu lecken, löst zwar keine entsprechende Reaktion meinerseits aus, wohl aber eine merkwürdige Assoziationskette. Vielleicht trägt auch der Umstand dazu bei, dass mein Magen in diesem Augenblick zu knurren beginnt. Das alles verknüpft sich und führt mich zurück zu dem Moment, in dem ich dieses winzige Stück deiner Lippe abbiss und verschluckte. Neben vielen anderen Fragen habe ich mir auch die noch nicht beantwortet, ob das schon als Kannibalismus zählt.

Die Möglichkeit der Aufnahme von psychischen und physischen Potenzen eines Opfers gehört im Rahmen des magischen Kannibalismus in vielen primitiven Kulturen zum Glauben, schießt mir es durch den Kopf. Verschüttet gewesenes und nun hochkommendes Halbwissen, das ich beim Ansehen pseudo-naturwissenschaftlicher Sendungen auf ARTE, NatGeo oder sonst wo erwarb. *Auch Kannibalismus, um die Seele des Verstorbenen über die Nachwelt hinaus zu erhalten, praktizieren manche Naturvölker zur Ahnenverehrung.*

Tatsächlich ertappe ich mich dabei, dass ich darüber nachdenke, auszuprobieren, ob da wirklich was dran sein könnte. Hattest du überhaupt eine Seele und wird sie durch den Genuss deines Fleisches tatsächlich in mich übergehen? *Wenn ich es nicht jetzt herausfinde, wann dann?*

Nachdenklich ziehe ich an meiner Tüte und mustere den blanken Arsch, den du mir entgegenstreckst. Schon als wir uns kennenlernten, fand ich ihn appetitlich. Abermals gibt mein Magen ein verlangendes Geräusch von sich. Ich hatte mich nie für eine Anthropophagin gehalten, doch inzwischen scheint alles denkbar. *Was habe ich zu verlieren? Nichts, oder?*

Stellt sich noch die Frage, ob es sich dabei um Exokannibalismus – das Verspeisen von Feinden – oder Endokannibalismus handeln würde – das Verspeisen von Mitgliedern der eigenen Sippe. Wahrscheinlich um ein bisschen was von beidem. So leer, dass man von existenziellem Kannibalismus sprechen könnte, ist dein Kühlschrank nicht. Oder ist es kulinarischer Kannibalismus, wenn ich dein

Fleisch lecker würze und es scharf in der Pfanne anbrate, statt es roh zu verschlingen?

Ich sollte es tun, solange du noch frisch bist, denke ich mir und beschließe, mich auf das Seelenexperiment einzulassen, auch auf die Gefahr hin, dass dein rachsüchtiger Geist mich in den finstersten Nächten besuchen kommen wird. Mit deutscher Gründlichkeit um die hygienischen Bedingungen bei der Nahrungszubereitung besorgt, säubere ich das Messer, bevor ich dir, an deiner Hüfte beginnend, ein Stück Fleisch entnehme.

»Sieht auch nicht besser oder schlechter aus, als ein Stück vom Rind oder Schwein«, fachsimple ich, an mich selbst gerichtet, ohne auch nur eine Spur von Abscheu zu empfinden. Stattdessen fällt mir, nun, da meine Stimme die Stille durchschneidet, auf, dass es viel zu ruhig hier drin ist – geradezu totenstill.

Ich entscheide mich für ein EBM-Stück, das ich mag. Electronic Body Music mit spirituell angehauchtem Inhalt, Future Pop – was gäbe es Passenderes, wenn ich kurz davor bin, deinen Körper – zumindest einen Teil davon – zu verspeisen, im Versuch, den spirituellen Kern deines Wesens in mich aufzunehmen? Nach schnell von Erfolg gekrönter Suche in deinen CD-Regalen, schallt Apoptygma Berzerks Beat durch den Raum. Schon im Intro wirft der Sänger die Frage auf, ob das Böse im Fleisch steckt. *Du warst auch nicht immer nur nett,* schießt es mir durch den Kopf und dann: *Ich werd's bald herausfinden.* Während ich den Brocken, den ich dir entnommen habe, mit Salz und Pfeffer einreibe, singe ich den Refrain mit: »… *and I'm not afraid to die … In the deep it's nowhere where you can see. Can you feel the light?*«

KAPITEL 13

Nachdem ich das von dir gespendete Hüftsteak gebraten, angerichtet und genossen habe – ja, ich sage genossen, denn du hast tatsächlich gut geschmeckt –, fühle ich mich nicht erleuchteter, stärker oder irgendwie beseelter als zuvor. Oder? Ich horche in mich hinein, finde nichts, was nicht bereits dagewesen wäre und verbuche das Experiment als delikaten Fehlschlag.

Während des Essens versuchte ich, mich auf die feinen Nuancen deines Geschmacks zu konzentrieren, doch immer wieder gerieten mir die Gedanken an deine Mutter in die Quere. Mir war, als hinterließe die Vorstellung, sie kaltblütig zu ermorden, einen bitteren Nachgeschmack auf meiner Zunge, der sich erst verflüchtigte, als ich meinen philosophischen Standpunkt veränderte, die Sache aus einer anderen Perspektive betrachtete und erkannte, dass ich nur die eigene Motivation auf den Prüfstand stellen, mich quasi rekalibrieren und neuen Antrieb finden musste. Vielleicht sollte ich mich wirklich nicht mit einem Rachemord aufhalten und stattdessen über einen Akt der Gnade nachdenken. Ich stellte mir vor, wie hart es Martha treffen würde, in Kürze vom Tod ihres Stammhalters zu erfahren, wie sie in Tränen ausbrechen und wie die Verzweiflung sie erfassen würde, müsste sie erkennen, dass ihr Familienstammbaum an dieser Stelle enden würde. Gab es etwas Schlimmeres, als das eigene Kind zu überleben und wäre es letztlich nicht gnädig, ihr diesen Schicksalsschlag zu ersparen?

Man kann sich wirklich alles schönreden, oder?, hinterfragte ich mich selbst, zuckte dann mit den Schultern, als wäre dies Antwort genug und widmete mich wieder dem Essen. Dem Verschlingen von Menschenfleisch. Der Seelenaufnahme, die meiner Meinung nach nicht stattfand.

Dieses ausbleibende Gefühl als empirischen Beweis dafür anzuerkennen, dass so etwas prinzipiell nicht funktionieren kann und es eine Seele gar nicht gibt, liegt mir jedoch fern. Das Steak ist inzwischen verputzt, mein Magen gefüllt, eigentlich passt nichts mehr in mich rein. Aber was ist, wenn die indigenen Legenden nicht lügen, ich aber einen elementaren Fehler beging, als ich dein Fleisch briet? In Filmen, die ich sah, und Büchern, die ich las, war ein solches Ritual – ob dem Voodoo, dem Satanismus oder sonst einem -ismus entrissen – meist mit viel frischem Blut oder dem Essen eines menschlichen Herzmuskels verbunden. Gebraten hat den Scheiß eigentlich nur Hannibal Lecter in *Das Schweigen der Lämmer* oder dieser komische Victor – ein Kannibale, den A.C. Hurts – Sagt dieses Pseudonym nicht alles? – in ihren Büchern zu kulinarischen Höchstleistungen anspornt. *Die alten Legenden dagegen … Das kann einem durchaus zu denken geben.*

Dann passiert etwas, was mich für einen kurzen Moment völlig flasht.

»Ich schenk dir mein Herz, es gehört dir!«

Deine vor langer Zeit ausgesprochenen Worte hallen so klar und deutlich in meinem Geist wider, dass ich zusammenzucke und zu deiner Leiche sehe.

Hast du das laut gesagt?

Ein Zittern erfasst meinen Körper. Plötzlich wird mir wieder eiskalt und instinktiv reibe ich mit meinen Händen über die Oberarme, um die Gänsehaut zu verscheuchen, die ich bekomme.

Bist du doch da, ist etwas von dir in mir – über den fleischlichen Anteil hinaus, den ich gerade verzehrt habe?

Meine Blicke wandern weg vom Sofa, hin zu der zweiten Leiche im Raum. Die Königin deines analen Reiches hält die Klappe, was mich, egal, wie die Antwort auf meine vorangegangene Frage lautet, nicht wundert – schließlich habe ich nicht von ihr gekostet. Reicht doch, wenn sie tief in dir steckte und du deine geheimsten Sehnsüchte mit ihr teiltest – mein Innerstes bleibt ihr jedenfalls verschlossen. Hoover liegt neben ihr, zuckt im Schlaf mit den Ohren und ich frage mich, ob er sie hören kann, weil er schließlich mehr als nur einen kleinen Happen von ihr vertilgt hat. Und auch wenn es ein interessantes Experiment darstellen würde, liegt es mir fern, es ihm gleichzutun. Man stelle sich vor, die Sache klappt und ihre Piepmausstimme setzt sich in mir fest! Das würde mich in den Wahnsinn treiben!

Solange ich noch darüber nachdenke, ob ich wahnsinnig werden könnte, bin ich es noch nicht – oder?, frage ich mich, an der wahnwitzigen Theorie festklammernd, deshalb könne ich diese Grenze nicht längst überschritten haben. Gleichzeitig beschäftige ich mich schon mit der Frage, wie und womit ich deinen Brustkorb öffnen könnte, um an dein – mein! – Herz zu gelangen. Würde die Geflügelschere, mit der ich ein paar Monate zuvor die Weihnachtsgans zerlegte, an deinen Rippen scheitern? Menschliche Knochen, zweimal härter als Granit, galt es damit zu brechen. Bestimmt stünden meine Chancen, deinen Herzmuskel ohne übermenschliche Kraftanstrengung freizulegen, besser, würde ich versuchen, die ersten sieben Rippenpaare an den Knorpelfortsätzen abzutrennen, die sie ans Brustbein koppeln. Danach sollte die Entnahme ein Kinderspiel sein.

»Endlich lohnen sich die fünf Staffeln *Bones – die Knochenjägerin* und die *Emergency Room*-Folgen, die ich früher gesuchtet hab«, murmle ich vor mich hin, als ich die Besteckschublade durchforste.

KAPITEL 14

Ich erspare uns die Details, an denen die Leser des Redrum-Verlags, mit dem ich die kannibalistisch angehauchte Küche automatisch auf literarische Weise verbinde, sicher ihre helle Freude hätten.

Anders als im Bücherregal war das Öffnen des Brustkorbs keinesfalls eine machtvolle Angelegenheit, die man in irgendeiner Weise hätte genießen können. Es war widerlich, grausam, blutig und die Geräusche, die es verursachte, die Knorpelmasse mit der Geflügelschere zu durchtrennen, werden mich garantiert ewig verfolgen. Wenn es so etwas wie einen ›aus den Tiefen der Hölle stammenden Tinitus‹ gäbe, der sich im Ohr festsetzt, dann wäre es sicher dieses Geräusch, das sich wieder und wieder und wieder und wieder wiederholt. Und davor war es nicht einfach, deinen mittlerweile starren Leib in eine Position zu wuchten, in der dein Oberkörper flach auf dem Boden liegen blieb. Deine angewinkelten Beine, die ein Gegengewicht darstellten, das dich immer wieder leicht abheben ließ, machten die Sache schwer. Und vielleicht war das, was ich vorhatte, so entsetzlich, dass mein schwarzer Humor wie ein Schutzschild wirkte, als ich mich mit sarkastischem Grinsen im Gesicht fragte, ob du versuchen würdest, zu levitieren. Ein paar Sofakissen, richtig platziert, stellten die Lösung des Problems dar.

Hat auch ’ne ganze Weile gedauert, bis ich das alles hinbekommen hatte. Tja, und nun sitze ich hier, kurz davor, rohen Mensch zu essen, was mehr ist, als jemandem nur zu sagen, man hätte ihn zum Fressen gern. Inzwischen ist die Dämmerung nicht nur heraufgezogen, sondern vorbei. Draußen ist es stockdunkel und hier drin erhellen unzählige Kerzen und Teelichter, die ich angezündet habe, das Geschehen. Ich musste mich beherrschen, sie nicht in Form eines Pentagramms um uns herum zu arrangieren. Ein zu großes Klischee, genauso wie der Vergleich mit zwei Himmelskörpern, weit voneinander entfernt und einander so nah.

Wie dem auch sei, nun liegst du vor mir, offen wie nie zuvor. Ich mustere dich eingehend. Zöge ich dir noch die Lungenflügel heraus, würdest du einem verkehrtherum geöffneten Blutadler entsprechen. *Vikings* lässt grüßen, denke ich, als mir dieser Vergleich in den Sinn kommt.

Mein Geschenk, das mir vor langer Zeit versprochen wurde und welches ich nun endlich erhalten werde, ist zum Greifen nah und präsentiert sich in tiefem majestätisch anmutenden Rot. Etwas wirklich Besonderes. Ich danke dir stumm dafür, dann durchtrenne ich alles, was den faustförmigen Hohlmuskel in deiner Brust hält, nehme ihn mit beiden Händen heraus und wiege ihn darin. Ich betrachte es von allen Seiten, dieses verdammte Herz und versuche herauszufinden, was gerade dieses Exemplar so besonders machte. So verführerisch. So außergewöhnlich, dass es mich süchtig machte, nach diesem besonderen Gefühl, welches es nicht nur durch deine, sondern auch durch meine Adern strömen ließ.

Als meine Nase juckt, lasse ich das Organ in meine rechte Hand wechseln und kratze mich mit der linken, wische mir danach mit dem blutverschmierten Handrücken durchs Gesicht und schere mich einen Teufel darum, ob mich das der Optik nach in eine wildgewordene Amazone verwandelt – oder in eine indogene Stammesangehörige, die einem alten und heidnischen Ritual folgt. All das bin ich – und noch mehr. In diesem Moment bin ich Kali, die Göttin des Todes, der Zerstörung und des Untergangs und zugleich das Sinnbild der Erneuerung. Ohne mich bist du *shava*, nur ein Leichnam, leblos und kalt. Ich bin die Zerstörerin aller Illusionen und Hoover, der in der Ecke schnarcht, ist der Goldschakal, der mich flankiert. Nur ich habe die Macht, deine Existenz zu erhalten oder sie endgültig zu vernichten.

Diesmal hat es tatsächlich etwas Machtvolles an sich, wie ich meine Arme ausbreite, sie dann in einer Geste des Dankes vor meiner Brust zusammenführe, das Herz wieder in beide Hände nehme und meine

Stirn kurz dagegen lege. Eine Geste des Respekts, während ich »*Kop khun khrap*« murmle und so auf Thai ›Vielen Dank‹ sage, für dein Opfer, auch wenn der in Thailand praktizierte Buddhismus so gar nichts mit der indischen Religion zu tun hat, deren sechsarmige Totengöttin ich im Moment inkarniere. Ich folge meinem Bauchgefühl, keinen Hollywood-Filmen entnommenen Mythen. Kompensiere das mangelhafte Bewandertsein mit alten Gebräuchen mit dem, was ich als angemessen empfinde.

Durch die Luft schweben die feinen Töne von Bachs *Air on a G-String*, das ich zuvor aufgelegt habe, und jetzt, da ich die Augen schließe, die Hände zum Mund führe und in dein Herz beiße, fließen mir letzte Tränen der Trauer übers Gesicht. Dann überflutet dein eisenhaltiges Aroma meine Geschmacksnerven.

Während die letzten Töne des Bach-Stücks verklingen, setzt – der vorprogrammierten Playlist und meinem Hang zur Theatralik sei Dank – das Main-Theme aus *Requiem for a Dream* ein und ein epischer Klagegesang erfüllt das Loft.

Und dann spüre ich es. *Verdammte Scheiße, ich kann es tatsächlich fühlen!* Irgendwas in mir verschiebt sich. Es macht Platz. Raum für dich, für deine – *unsterbliche Seele? Holy Shit!*

Der kurze Moment, der sich bis in alle Ewigkeit zu dehnen scheint, nachdem sich mein Innerstes verrückt hat, um deiner Seele eine Heimstatt zu schaffen, gewährt mir einen Ausblick auf eine unendliche Leere, auf das unvorstellbare schreckliche Nichts, das es zweifellos gibt und dessen Existenz doch ausgeschlossen ist, denn sonst wäre es ja schon wieder Etwas. Einen flüchtigen Wimpernschlag im Gefüge der Zeit bin ich Schrödingers Katze, gleichzeitig tot und doch lebendig. Die Endlichkeit von allem und die Unvergänglichkeit eines einzelnen Augenblicks wird mir bewusst. Alle Erfahrungswerte, die ich zuvor gesammelt hatte, werden nichtig, jedes Detail ist von größter Bedeutung und mit einem Mal unwichtig.

Ich kaue, schlucke und beiße erneut von deinem Herzmuskel ab.

KAPITEL 15

Es ist wirklich schwer, zu beschreiben, wie es sich anfühlte, als deine Seele den ihr freigeräumten Platz besetzte. Selbst jetzt, nach unserer ersten ›wirklichen‹ gemeinsamen Nacht, ist kaum in Worte zu fassen, wie es ist, derart eins mit einem anderen Menschen zu sein. Es ist der Innbegriff des Weltfriedens, das Erreichen der Oase in der Wüste, das Fallen der letzten Grenzmauer. Das ultimative Bündnis zwischen Ost und West, zwischen Himmel und Hölle.

Völlig gleich, ob wir niemals davon berichten und kein Ohr finden können, das uns Glauben schenken wird oder ob wir jemals Menschen finden werden, die das Erfahrene nicht nur glauben, sondern sogar teilen können – ›wir‹ wissen, was wir erlebt haben.

Der Seelentransfer war kräftezehrend, laugte aus. Vermutlich wäre unser Körper vollkommen entkräftet, hätte dein Fleisch ihn nicht gestärkt. Doch selbst die Wirkung eines karnivoren Power-Snacks, wie ihn dein Herz darstellte, hat Grenzen und so ist es kein Wunder, dass wir jetzt, kaum ist der Transfer gelungen, die bedeutungs- und seelenlos gewordenen Kadaver unbeachtet hinter uns lassen, ins Schlafzimmer taumeln und uns auf dein Wasserbett fallen lassen, wo wir in einen tiefen, endlich mal traumlosen Schlaf fallen.

Wir erwachen erst, als es bereits dämmert und nur, weil Hoovers schmatzende Geräusche uns aus dem Schlaf reißen. Anscheinend gönnt sich die olle Schnodderschnauze einen Nachschlag.

Jeder Muskel in unserem Körper schmerzt. Der Kater, der dem Blutrausch folgt, ist gewaltig. Die Hand mit unserem angeknacksten Fuck-Finger fährt zur rechten Schläfe und reibt sie sanft, um die pochenden Kopfschmerzen weg zu massieren. Vergeblich.

»Scheiße«, stöhnen wir, was der kreativste Ausdruck zu sein scheint, den zu gebären unser sich neu ordnender Verstand in der Lage ist.

Wir stehen auf, wanken ins Badezimmer und sinken dort auf die Klobrille. Wie dominant du versuchst, die Kontrolle zu übernehmen, merke ich, als du automatisch zwischen unsere Beine greifst und den nicht vorhandenen Schwanz nach unten drücken willst, um die Klobrille nicht vollzupinkeln. Ich werde aufpassen und meinen Platz vehement behaupten müssen, wenn ich nicht möchte, dass du das Ruder vollständig an dich reißt. Was dabei herauskommt, wenn Sascha Gittel alle Entscheidungen trifft, haben wir ja jüngst gesehen. Dem Urinieren folgt ein morgendlicher Stuhlgang – anscheinend verursacht uns zu viel rohes Fleisch Durchfall – und im Anschluss bemerke ich ein ungewohnt wohliges Kribbeln, als wir uns die Rosette abwischen.

Kaum schleicht sich die Müdigkeit aus unseren Gliedern, befinden wir uns in einem inneren Zwiespalt. Dem vorhin zur Kenntnis genommenen Sonnenstand nach zu urteilen, kann es nicht mehr ewig dauern, bis Martha hier aufkreuzt. Du bist dagegen, ihr auch nur ein Haar zu krümmen, ich nach wie vor dafür, sie endgültig aus dem Weg zu räumen. Dein Pech, dass du mir nichts mehr vormachen kannst, denn meiner Argumentation, dass dir ihre ewige Kontrollsucht gleichermaßen wie mir auf den Wecker geht, hast du wenig entgegenzusetzen. Bleibt nur dein Totschlagargument: »Sie ist meine Mutter!«

Uns bleibt nicht ewig Zeit, uns zu einigen.

Hoover blickt uns erwartungsvoll schwanzwedelnd an, als wir aus dem Bad kommen. *Shit,* denken wir und die Frage, wer von uns heute mit ihm rausgehen wird, stellt sich nicht erst. Also zurück ins Bad, Katzenwäsche, zumindest die Stellen säubern, die sich nicht durch Kleidung verdecken lassen. Danach schlüpfen wir in meine Jeans, gehen zu deinem Schrank, hüllen uns in einen unförmigen Hoodie und ziehen die Kapuze über den Kopf. Fertig.

Unten im Hof, auf dem umzäunten Rasenstück, rennt Hoover schnurstracks zu seinem Lieblingsbusch, an den er immer pinkelt. Anschließend galoppiert er ein paar Runden im Kreis, ein Ritual, das seinen Stuhlgang anregt, bevor er einen riesigen dampfenden Haufen scheißt, den wir gewöhnlich wegräumen würden – ich zumindest. Heute aber ist es uns gleichermaßen egal, ob sich die Nachbarn daran stören, weil es zum Himmel stinkt.

Dann passiert etwas, was das Potenzial hätte – wäre ich nicht ohnehin schon überzeugt –, letzte, deine Anwesenheit betreffende Zweifel in mir vollständig auszuräumen. Ein anderer Hundehalter geht mit seinem Fiffi am Grundstück vorbei und in dem Moment, in dem wir realisieren, dass das Gartentor ein Stück offen steht, rennt Hoover auch schon los. Unzählig oft bin ich an solchen Situationen mit ihm schon gescheitert und habe jedes Mal die Erfahrung machen müssen, dass dieses Flohtaxi nur dann auf mich hört, wenn er Bock darauf hat oder ich ein Leckerli für ihn in der Hand halte. Du warst der einzige Mensch, den dieser Hund so sehr respektierte – um nicht zu sagen: vor dem er Angst hatte –, dass er parierte. Doch diesmal, als wir den Mund öffnen und in ungewohnt tiefem Bariton ein »Hoover! Aus! Hierher!« brüllen, bleibt er stehen.

Verfickte Scheiße, er bleibt stehen! Und nicht nur das … Hoovers Kopf dreht sich zu uns, die Ohren zucken, wir können sehen, wie er sie spitzt. Wer behauptet, Hunde hätten keine Mimik, sollte seinen Gesichtsausdruck in diesem Moment sehen. Verunsichert schaut er uns an, zieht dann den Schwanz ein und schleicht sich mit eingezogenem Hinterteil zu uns rüber, um in devoter Haltung neben uns Platz zu nehmen.

Der andere Hundehalter geht vorbei, ohne uns mehr als einen flüchtigen Blick zu schenken. Seine Fußhupe wird von Hoover nicht weiter beachtet.

Wenn ich einen empirischen Beweis gebraucht hatte: Das war er! Wir tätscheln Hoovers Kopf und er blickt aus seelenvollen, hündisch ergebenen Augen zu uns hoch.

Hündisch? Sein Blick wirkt fast menschlich, irgendwie verständiger als sonst. *Ist es wirklich nur Hoover, den wir da streicheln?*

»Los, Dicker, wir geh'n wieder rein!«, sagen wir in meiner gewohnten Stimmlage zu ihm. Sofort steht er auf und trottet zur Tür, wo er brav darauf wartet, dass wir ihm öffnen. Abermals: ungewöhnlich!

Gerade an der frischen Luft gewesen, fällt der eisenhaltige Geruch in der Wohnung, der sich mit abgestandenem Rauch und möglicherweise ersten Verwesungsgasen mischt, unangenehm auf. Beide haben wir keine Ahnung, wie lange es dauert, bis eine Leiche zu stinken beginnt, finden das durch den Raum wabernde Geruchsgemisch jedoch äußerst widerlich. Wir verziehen das Gesicht.

»Geh auf deinen Platz, Hoover!«, sagen wir zu dem Rüden, der wieder aufs Wort gehorcht. Folgsam legt er sich in den Hundekorb, rollt sich ein und schließt die Augen.

Ein weiteres Verziehen unserer Mimik folgt, als wir einen Blick auf die Uhr werfen und sehen, dass es bereits halb neun ist. Anderthalb Stunden bis Martha vor der Tür steht. Höchstens, denn meist kommt sie überpünktlich.

»Du wirst sie nicht umlegen!«, fordert deine Stimme in meinem Kopf. Ich schweige, selbst meine Gedanken sind still. »Babe!«, setzt du hinterher, mit mehr Nachdruck. »Versprich es mir!«

Plötzlich überkommt mich eine unbändige Wut, untypisch für mich, doch es ist nicht ›dein‹ Jähzorn, der in mir hochkocht. Es ist mein Ärger darüber, dass du selbst jetzt, da du tot und nur ein Gast in meiner Hülle bist, noch alles kontrollieren, alles bestimmen möchtest. Das kotzt mich an! Du kotzt mich an!

Dein Pech, dass ich mich in meinem Inneren besser auskenne, als du es je wirst. Diese Wut, die in mir auflodert, nutze ich, um dich kräftig zu schubsen, dich nach hinten zu drängen, in den finstersten Winkel meines Gedankenpalastes, wo ich dich in den Schrank stoße, in dem ich alles Verdrängte verberge. Schnell, bevor du begreifst, was ich vorhabe, schließe ich seine Türen und verriegle ihn. Da drin kannst du nachdenken, zwischen all den bösen Worten und dem ganzen Scheiß, den man mir im Lauf meines Lebens angetan hat und an den ich nicht mehr denken möchte. Mal sehen, wann ich dich wieder rauslasse!

»Fick dich, Sascha!«, sage ich laut und denke: *Die Zeiten, in denen du bestimmt hast, wos langgeht, sind vorbei!*

Interessanterweise scheint auch Hoover zu spüren, dass du in deine Schranken verwiesen wurdest und aktuell keinen Einfluss mehr auf mein Verhalten nehmen kannst. Nun, da Ruhe in meinem Kopf herrscht und ich allein meine Handlungen bestimme, verlässt er seinen Platz im Korb und nähert sich wieder dem riesigen Snack, den ihm sein Herrchen vom letzten Ausflug mitgebracht hat. Mein Blick folgt ihm und ich sehe, dass er sich über Nacht am Brustkorb zu schaffen gemacht hat. Ein zuvor gehegter Verdacht erhärtet sich, als ich das klaffende Loch an der Stelle erblicke, an der sich das Lebenssaft pumpende Organ von ›Frau Antje‹ befinden müsste.

Doch zurück zum Problem: Martha.

Obwohl deine Meinung gerade nicht zählt, ist mir klar, dass wir auch künftig irgendwie miteinander auskommen müssen. Wenn ich Martha tatsächlich beseitige, wirst du mir das niemals verzeihen. Zudem merke ich, dass mein Hass auf sie im Grunde nicht so stark ist, dass er einen Mord rechtfertigen könnte, nicht mal vor mir selbst. Mehr Rache, als ihr den Sohn zu nehmen, geht darüber hinaus gar nicht. Und um ehrlich zu sein, die übermächtige Trauer, die damit einhergeht, würde ich ihr gern ersparen. Bleibt allenfalls noch der Gnadenmord.

Während ich darüber nachdenke, fällt mein durch den Raum wandernder Blick auf die Reste deines Herzens – nach der Hälfte hatte ich kapituliert –, die auf dem Truhentisch im Wohnzimmerbereich liegen.

Ich beschließe, Martha am Leben zu lassen. Mit dem Wissen um deinen Tod wird sie klarkommen müssen, wohl oder übel. Ist einfach so, kann ich nicht ändern.

Einer plötzlichen Eingebung – oder zündenden Idee – nachgehend, laufe ich ins Schlafzimmer, hole deine Reisetasche und packe ein paar Sachen ein. Ein paar Dinge, an denen du hängst, dein Lieblings-Shirt, deine Fotoalben und anderen Kleinkram, der unwiederbringlich ist. Aus einer Schublade im Wohnzimmer hole ich die externe Festplatte, auf der unsere Urlaubsvideos abgespeichert sind, wobei ich eine neue Kreditkarte mit einem sofort verfügbaren Kreditrahmen von fünftausend Euro finde, samt PIN. Stecke ich ebenfalls ein. Obendrein packe ich ein paar der CDs ein, die ›ich‹ gern höre. Das auf dem Truhentisch liegende Herz wickle ich in mehrere Lagen Frischhaltefolie und verstaue es zuoberst in der Tasche.

Mein nächster Gang führt mich zur Hausbar. In einer Schublade unter dem Getränkefach finde ich einen 250-ml-Kanister mit Feuerzeugbenzin, ein Streichholzpäckchen mit eurem Firmenlogo und den Gasanzünder für deine Shisha. Doch zunächst nehme ich die Flaschen mit den harten Spirituosen und verteile ihren brennbaren Inhalt in der gesamten Wohnung. Mit Tequila, Wodka, Gin und anderem Schnaps tränke ich jede saugfähige Stelle, nur den Bereich um den Schlafzimmerschrank spare ich aus. Das Feuerzeugbenzin – den guten, leicht flüchtigen Stoff – verteile ich auf den beiden Leichen. Bei deiner angekommen, überlege ich kurz, dir den Analplug rauszunehmen, entscheide mich aber dagegen. Ich werde dich noch lange damit aufziehen können, dass dein Leichnam mit einem geschmolzenen Stück Plastik im Arsch aufgefunden wurde. Das wird ein Spaß! Mit einem Augenzwinkern hauche ich dir einen letzten Kuss auf die längst erkalteten und angeknabberten Lippen, verabschiede mich emotional, doch nicht überemotional von dem, was einst deine Hülle war. Sie wird mir fehlen. Das Gefühl deines Schwanzes in mir, dein Atem auf meiner Haut, dein kehliges Stöhnen … Doch große Trauer empfinde ich nicht, denn was dich wirklich ausmachte, nehme ich mit mir.

Ich öffne die Wohnungstür und lasse Hoover, dem die beißenden Dämpfe unangenehm sind, schon mal in den Flur, bevor ich mir einen letzten Scherz erlaube und ein eingepacktes Album – *Tempus*

Fugit von Absurd Minds – wieder aus der Tasche hole und die CD in den Player lege. Die Anlage voll aufdrehend, wähle ich Lied Nummer sieben – *Last Walk* – und warte, bis die Musik einsetzt, bevor mich mein letzter Gang ins Schlafzimmer führt. Am Tisch vorbeikommend, schnappe ich mir den Gasanzünder und die Streichhölzer. Vor dem großen Schrank stehend, der vor nicht allzu langer Zeit auch meinen Kram beherbergte, betrachte ich mich einen Moment in dem großen Türspiegel. Ein irrwitziger Glanz spiegelt sich in meinen Augen, als würden sie die bald lodernden Flammen schon jetzt reflektieren. Oder ist es der Wahnsinn, der in ihnen tanzt?

»Nein!«, widerspreche ich mir laut und energisch. »Wer noch drüber nachdenkt, ist noch nicht durchgeknallt!«

Nicht das erste Mal, dass ich mir dieses Mantra einzutrichtern versuche. Ich schiebe die Schranktür zur Seite und stelle den kleinen tragbaren Bunsenbrenner unter deine Hosen, Jacken und Anzüge, drehe das Gas auf und reiße eines der Streichhölzer aus der Schachtel an. Hell lodert es auf und erlischt sofort wieder. Schluckend und im Begriff, das abzufackeln, was ich als Zuhause kannte, entzünde ich ein zweites und sehe zu, wie es so weit herunterbrennt, dass es mir beinahe die Fingerspitzen versengt. Das dritte entzündet das Gas des Brenners und ich warte noch einen Moment, bis die Flammen das erste Stück Stoff entzündet haben, bevor ich mich umdrehe und mit schnellen Schritten aus dem Zimmer gehe, im Vorbeigehen die gepackte Tasche und Hoovers Leine mitnehme und die Wohnung schleunigst verlasse. Es wird trotz des kleinen Bereichs um den Schrank, den ich ausgespart hatte, nicht lange dauern, bis das Feuer auf die restlichen Teile der Wohnung übergreift. Sorgen um die restlichen Bewohner des Hauses muss ich mir nicht machen, da der angrenzende Gebäudeteil gerade saniert wird und darum unbewohnt ist. Ich drehe mich kein letztes Mal um.

»Komm, Hoover«, rufe ich dem Hund zu, der mir bereitwillig folgt. Feuerwerk war noch nie sein Ding. Wir treten aus dem Haus, gehen schnurstracks auf das Gartentor zu

›*From the melting sky flames are hailing down, we could all see it coming …*‹, höre ich den Absurd Minds-Sänger noch trällern, doch je weiter wir uns von dem Gebäude entfernen, desto leiser wird der Gesang und als er beinahe bis zur Unhörbarkeit verklungen ist, höre ich das satte *Rumms!* einer Detonation. Ich werfe einen letzten Blick zurück, sehe Feuer aus allen Fenstern lodern – die Wohnung steht bereits lichterloh in Flammen. Und tatsächlich regnen glühende Funken vom Himmel, die durch die geborstenen Fensterscheiben entfleuchen und sich vom Wind tragen lassen.

***

Am frühen Nachmittag, längst im neuen Daheim angekommen, trudelt eine WhatsApp-Nachricht von Martha ein. Sie teilt nur mit, was längst bekannt ist – dass ein schrecklicher Unfall ihrem geliebten Sohn das Leben gekostet hat. Mitfühlend wie ich bin, rufe ich sie sofort an – und auch wenn ich keine Trauer empfinde, tobt in mir noch so viel, dass ich mühelos mit ihr weinen kann. Diese Verbundenheit, die sich erledigt hatte, nachdem du mich abgeschossen hattest, kommt wieder auf. Letztlich bittet sie mich, zur Beerdigung zu kommen und ich biete ihr Hilfe bei der Organisation an.

Später am Tag erzähle ich dir, durch die Gedankenpalastschranktür hindurch zu dir sprechend, was du verpasst hast. Zuerst bist du sauer, schockiert, entsetzt, trauerst um dein Zuhause, wie ich um meins getrauert hab, doch am Ende findest du dich mit den neu geschaffenen Tatsachen ab. Erst hämmerst du gegen das massive Holz des Gedankenpalastschranks, dann trittst du dagegen, tobst dich aus, heulst, schreist und fluchst. Schließlich lässt du dich erschöpft dagegen sinken. Und dann, nachdem ich dir ein paar grundlegende Dinge klargemacht habe – zum Beispiel, dass ich mich sicher nicht von Hoover begatten lasse, auch wenn deine dominante

Analakrobatin in ihm steckt –, lasse ich dich aus dem Schrank.

EPILOG

Deine Beerdigung ist wunderschön. Wir haben uns für weiße Lilien entschieden, die als Symbol des Sterbens, der Schönheit und der Vergebung angesehen werden. Sie schmücken den Raum, in dem deine Urne steht. Deine Freunde sind gekommen, deine Familie, wir gedenken Deiner im engsten Kreis. Auch wenn du ein Partylöwe warst, wollten wir die Feier kleinhalten. Wir sitzen vorn in der ersten Reihe, direkt neben Martha und Kurt und deine Mutter umklammert unsere Hand, während ein Trauerredner ein paar andächtige Worte spricht. Ich habe mein Gesicht hinter einem schwarzen Schleier verborgen, der nicht nur dazu dient, fließende Tränen zu verhüllen, sondern auch dazu, unsere neugierige Mimik vor den Augen der anderen zu verbergen. Beide finden wir hochinteressant, zu beobachten, wie die Menschen, die dir am nächsten standen, auf deinen Tod reagieren.

Deine Urne ist mit dem gefüllt, was man zusammenkratzen konnte, nachdem das Feuer endlich gelöscht war. Eigentlich bestatten wir hier mehr ein Ersatzfüllmittel, denn einen echten Toten. Feuerwehr und Polizei vermuten Brandstiftung, vielleicht geht man von einem Verbrechen aus, doch zur Beruhigung deiner Eltern bevorzugt man es, von einem

Unfall zu sprechen. Sicher wird das nicht ewig so bleiben. Die hinterlassenen Spuren sprechen garantiert Bände. Doch bevor Laborergebnisse, das Gutachten eines Brandermittlers oder sonstwas vorliegen könnten – oder bevor die Polizei auf die Idee kommt, die jüngsten Belastungen deiner Kreditkarte zu checken – werden wir längst über alle Berge sein.

Auch das, was danach folgt – den Leichenschmaus im Haus deiner Eltern – verfolgen wir mit großem Interesse. Wir sitzen beisammen – du und ich vereint, deine Erzeugerfraktion und deine Freunde. Jeder sagt ein paar nette Worte über dich.

Bevor ich dran bin, etwas zu sagen, verdrücken wir uns ins Badezimmer und werfen einen prüfenden Blick in den Spiegel. Das One-way-Ticket nach Thailand, wo wir ein neues Leben miteinander beginnen werden, ist schon gebucht, der Hund bereits geimpft, die Einfuhrpapiere sind unterzeichnet. Nur noch eine Sache steht an.

Das ist mein Part, dränge ich dich mit entschiedenen Gedanken in den Hintergrund und strecke unserem Spiegelbild mit einem ›Du und ich, Babe!‹ die Ghettofaust entgegen. Dann atme ich tief durch und gehe zurück zu den anderen.

»Ich habe ihn geliebt«, sage ich, vor deinen Freunden und der Familie stehend. Ich mustere sie, einen nach dem anderen. An deiner Mutter haftet mein Blick besonders lange. Marthas Augen sind rotgeweint, doch wir wissen, ihr Leid wird bald ein Ende haben.

»Ja, ich habe Sascha geliebt, mehr als irgendjemanden zuvor und tiefgehender, als ich jemals wieder lieben könnte. Der Schmerz, ihn zu verlieren, ist unbeschreiblich. Doch wo auch immer Sascha nun ist – er hätte nicht gewollt, dass wir um ihn trauern. Er hätte gewollt, dass wir sein vergangenes Leben feiern und uns an jedem neuen Tag an ihn erinnern, auf das er für immer in uns weiterlebt. Und nun, meine Lieben, bitte ich euch, kostet von der Pastete, die ich mit viel Herz und Liebe für euch zubereitet habe.«

Ende

MANGELEXEMPLAR

Mein Name ist Mia, ich bin sechsundzwanzig Jahre alt, habe ein Faible für alte Friedhöfe und finde das moderne Leben zum Kotzen. Ich höre gern Musik und auch was die angeht, bin ich ziemlich altmodisch. Die Sachen, die 2046 gespielt wurden, finde ich ziemlich cool. Meine Haare trage ich kurz, erwische mich aber manchmal dabei, wie ich versuche, sie im Nacken zu zwirbeln und nach hinten zu streichen. Ich glaube, früher trug ich mein Haar lang. Sicher bin ich mir aber nicht. An viel von früher kann ich mich ehrlich gesagt nicht erinnern.

Mein Gedächtnis spielt mir ziemlich üble Streiche. Mal lässt es mich völlig im Stich, dann wiederum liefert es Wissen, von dem mir gar nicht klar war, dass ich es habe. Es selektiert selbst, was es mir preisgibt und was nicht. Und manchmal habe ich Halluzinationen. Regelrechte Wahnvorstellungen, denen ich im ersten Moment auf den Leim gehe. Wie lange diese Sinnestäuschungen mich schon heimsuchen, kann ich nicht sagen. Ich erinnere mich dunkel, dass ich früher schon mal so krank war. Aber ich glaube, man konnte mir helfen und in letzter Zeit ging es mir besser. Temporär zumindest. Es wird wieder schlimmer.

Manchmal wüsste ich gern, was mit mir passiert ist, was mich in diese Lage gebracht hat, aber im Grunde ist mir klar, dass es nichts Gutes gewesen sein kann und dann bin ich irgendwie froh, dass ich mich nicht erinnern kann. Ich habe aufgehört, allzu viel zu hinterfragen.

Zum Beispiel frage ich mich nicht mehr, warum immer Essen im Kühlschrank ist, weshalb frische Kleidung in meinem Schrank hängt oder wer dafür verantwortlich ist, dass der Müll sich immer von selbst rausträgt. Vielleicht habe ich praktischerweise bei solch alltäglichen Tätigkeiten wie Einkaufen und Waschen kleine Blackouts. Wer weiß?

Skurrilerweise kann ich mich nämlich nicht daran erinnern, solche Arbeiten jemals selbst verrichtet zu haben. Zumindest nicht, seit ich hier lebe. Hier, das ist ein Appartement in einer für mich namenlosen Stadt, mit grandioser Aussicht. Ich habe nicht nachgesehen, vermute aber, dass ich im Penthouse eines Gebäudes lebe, welches ich für eine Art Ruhesitz halte, für Menschen, denen etwas Furchtbares passiert ist. Eine teure, private Einrichtung, für Leute wie mich. Menschen, mit denen etwas nicht stimmt, denen es zurzeit nicht gut geht. Keine Ahnung, wer die Rechnung dafür zahlt.

Morgens stehe ich auf, brühe mir Tee in meiner Wohnküche auf, süße ihn mit Honig; noch bevor ich so richtig bei mir bin. Man könnte das wohl mein

Aufwachritual nennen. Irgendwo in mir schlummert das Wissen, dass Tee ein Luxusgut ist, das ich früher nur selten genießen konnte. Mit dem heißen Getränk setze ich mich in meinen Sessel am Panoramafenster, genieße den Ausblick auf die imposante Skyline, beobachte die kleinen Ameisen am Boden – meine Mitmenschen – abstrakte Pünktchen, die zur Arbeit gehen. Ich selbst gehe keiner Arbeit nach. Außer natürlich, die Blackout-Theorie ist richtig und ich arbeite währenddessen.

Ich nippe am Tee. Er schmeckt zuerst immer bitter, fast schon medizinisch. Mein erster Impuls ist stets, ihn wieder auszuspucken. Habe ich ihn zu lange ziehen lassen? Dann macht sich die Süße des Honigs in meinem Mund breit, der Geschmack wandelt sich und der nächste Schluck schmeckt ganz aromatisch. Diesen anfänglichen Streich spielen mir meine Geschmacksnerven jedes Mal – auch darüber wundere ich mich nicht mehr.

Gestern Morgen aber war es anders. Der Honiggeschmack intensivierte sich immer mehr, wurde übermächtig, bis ich nichts anderes mehr schmeckte. In diesem Moment durchzuckte mich die Erinnerung daran, dass ich gar keinen Honig mag, noch nie mochte und auf einmal wurde mir so fürchterlich schlecht, dass ich meinte, mich übergeben zu müssen. Dann hatte ich den ersten Anfall, die Halluzination, wie auch immer Sie es nennen wollen. Als ich den nächsten Schluck Tee nahm, schien er mich beim Schlucken zu verbrühen und im nächsten Moment …

… versuchte ich verzweifelt, den Schlauch auszuspucken, den man mir in den Hals zwängte. Das Gefühl, daran zu ersticken, gepaart mit dem Würgereiz, dem Brennen, als er die empfindliche Schleimhaut im Hals reizte, trieb mir Tränen in die Augen.

»Halten Sie ihren Kopf fest! Hundertsechsundsiebzig ist heute ein wenig störrisch. Wir werden etwas nachhelfen müssen.«

»Das dürfte nicht sein. Vielleicht ging beim Update was schief?«

»Lasst noch mal das Konditionierungsprogramm laufen!«

Für den Bruchteil einer Sekunde fühlte ich mich wie einer dieser armen Versuchsaffen, die man benutzt, um Shampoos zu testen. Sie wissen, was ich meine! Ich meine, ich war wirklich da. In diesem kurzen Augenblick war ich nicht mehr in meiner Wohnung. Es war kein Tee mehr, der meine Kehle hinabfloss. Ich befand mich in einem völlig anderen, steril wirkenden Raum, war an Elektroden und irgendwelche Kabel angeschlossen und ein Mann in einem weißen Kittel versuchte, mir einen Schlauch in den Hals zu stecken. Währenddessen unterhielt er sich ganz nüchtern mit einer weiteren Person, die meinen Kopf fest im Griff hielt. Ich konnte die Hand fühlen, mit der sie mich an die Lehne des

Stuhls presste, auf den ich geschnallt war. Es war so real, wie Sie und ich, wie dieses Sofa in Ihrer Praxis, auf dem wir gerade sitzen.

Die Halluzination hielt nur einen kurzen Moment an. Schon im nächsten musste ich husten. Der Tee war noch viel zu heiß, ich trank ihn zu hastig und er verbrühte mir den Hals. Das holte mich ins Hier und Jetzt zurück.

Diese Halluzinationen, halten Sie die vielleicht für versteckte Erinnerungen, an etwas, das mir früher geschehen ist? Das habe ich mir auch schon überlegt. Vielleicht sind diese Szenen ja tatsächlich passiert. Irgendwann. Früher, bevor ich alles vergaß. Vielleicht blitzt die Erinnerung in dem Moment, in dem sie mir wieder einfällt, so stark auf, dass sie sogar die Realität überlagert. Aber ergibt es überhaupt Sinn, etwas genauer zu hinterfragen, wenn man die Antworten möglicherweise gar nicht wissen möchte? Haben Sie nicht irgendein Medikament, das diese Erinnerungsfetzen, Halluzinationen, was auch immer es ist, einfach stoppt?

Nachdem der Hustenreiz nachgelassen hatte und meine Verstörung sich langsam legte, griff ich zur Zeitung. Ich fand einen interessanten Artikel, mit dem ich mich abzulenken versuchte. Schlückchenweise trank ich meinen Tee. Gleichzeitig las ich über dieses Genussmittel, seine entspannende Wirkung und gesundheitsfördernden Eigenschaften. Mein Hals hatte sich beruhigt.

Um meine Nerven ebenfalls zu entspannen und mich sinnvoll zu beschäftigen, ging ich danach hinüber in mein Werkzimmer. Darin habe ich mir eine kleine Schmuckwerkstatt eingerichtet. In akribischer Kleinarbeit setze ich dort feine Uhrwerke zusammen, mache sie zu Anhängern, indem ich sie auf dünne Metallplatten löte, biege Messing, füge ein Kettenglied nach dem anderen zusammen und fabriziere kleine Steampunk-Kunstwerke zum Umhängen. Ich erschaffe jede dieser Halsketten nur genau einmal, sitze ewig daran, um jede einzelne detailreich und außergewöhnlich zu gestalten. Manche der verwendeten Teile sind so klein, dass ich mit einer Pinzette und einer Lupe arbeiten muss, um sie exakt zu platzieren. Eine kleine Kollektion habe ich so schon erschaffen. Mein Hobby macht mir großen Spaß und ich könnte mich den ganzen Tag nur damit beschäftigen. Trotzdem habe ich bisher lediglich wenige Teile vollendet und sie warten in einem Schaukasten an der Wand darauf, endlich auch getragen zu werden.

Ich setzte mich also an meine Werkbank, nahm mein aktuelles Stück unter die Lupe und begann mit der Arbeit daran. Während ich zwei winzige Zahnräder dazu brachte, sich ineinander zu verbeißen, hatte ich die nächste Halluzination. Es war vollkommen ruhig im Raum. Nichts lenkte mich von meiner konzentrierten Arbeit ab, es gab keinen Auslöser, soweit ich das beurteilen kann. Gerade saß ich noch in meinem Hobbyraum, dann blickte ich einen kurzen Moment auf und …

… mein Blick fiel auf die Montageanleitung, die an genau der Stelle befestigt war, wo bis eben noch meine fertigen Schmuckstücke im Schaukasten hingen. Vor meinem Werktisch, an der Wand. Auch der Tisch hatte sich verändert, in dem Moment als ich auf und damit von ihm wegsah. Er verwandelte sich in ein langsam dahinlaufendes Transportband mit einer Arbeitsplatte, die davor montiert war. Langsam drehte ich mich um. Hinter mir tat sich ein weiter Raum auf. Ich stand am Ende einer riesigen Fabrikhalle, in der sich Band an Band reihte, Arbeitsplatz an Arbeitsplatz. Ich sah unzählig viele Menschen, die Teile vom Band nahmen und sie bearbeiteten. Dann wurden sie zurückgelegt, um sie an einer anderen Station mit noch mehr Komponenten zusammenzuführen. Alle hatten den Blick auf ihr aktuelles Werkstück gesenkt, arbeiteten wie Roboter im Akkord, ohne zu sprechen, ohne aufzusehen. Sie alle schienen demselben Arbeitstakt zu folgen, angeschlagen von Trommeln, die ich nicht hören konnte. Auch rechts und links von mir standen diese arbeitenden Robotermenschen.

Was mache ich hier? Warum stehe ich hier, an diesem Band, als wäre ich einer von ihnen? Woran wird hier gearbeitet? Fragen, die ich mir nicht beantworten konnte, quälten meinen verwirrten Geist. Ich schaute wieder zum Fließband, um zu sehen, was darauf an mir vorbeitrieb. Etwas, das aussah wie ein entstehender Computerchip, brachte mich dazu, die Hand danach auszustrecken. Das musste ich mir genauer ansehen. Ich griff zur Lupe, um den Chip eingehend zu mustern …

… und sah nichts weiter als die Zahnräder, die endlich ineinander griffen. Sie können sich nicht vorstellen, wie verstört ich in diesem Augenblick war. Diese Halluzination war gänzlich anders als die vorangegangene gewesen, nur eins hatten sie gemeinsam: Wieder fühlte es sich viel zu echt an, um mir wie bloße Einbildung zu erscheinen. Aber natürlich gab es keine Fabrikhalle, keine wie Maschinen agierenden Arbeiter – nichts außer mir selbst und meiner viel zu blühenden Fantasie. Diese Fabrikfantasie war zwar seltsam, aber nicht so beängstigend wie die zuvor. Darum versuchte ich zunächst, den Vorfall zu ignorieren, ihn so schnell wie möglich zu vergessen. Ich beugte mich wieder über mein Schmuckstück und arbeitete einfach weiter. Trotzdem blieb ein unterschwellig beunruhigendes Gefühl in mir zurück. Immer wieder sah ich auf, um zu prüfen, ob ich mich noch dort befand, wo ich mich glaubte.

Ich war froh, als es irgendwann an meiner Tür klopfte. Ein Mitarbeiter des Hauses steckte den Kopf herein und erinnerte mich freundlich daran, dass ich mich zu einem Fitnesskurs angemeldet hatte, der in Kürze in der Sporthalle begänne. Das hatte ich zwar vollkommen vergessen, aber mein Sportsack stand schon gepackt neben der Tür und so glaubte und folgte ich ihm eben.

In der Halle schien zunächst alles völlig normal. Unter Anleitung des Trainers starteten wir mit ein paar Dehnübungen. Dann ein paar Runden laufen, zum warm werden. Ich dachte, es würde mir guttun, mich körperlich richtig auszupowern, also rannte ich schneller als sonst, trieb mich an meine Grenzen. Nach den ersten Runden bekam ich Seitenstechen. Also – das hätten Sie vermutlich auch getan –, blieb ich kurz stehen …

… und fiel vom Laufband, das bislang meine Schrittgeschwindigkeit bestimmt hatte. Unsanft prallte ich auf dem harten Boden auf und schlug mir den Kopf am nächsten Band an, das dicht hinter meinem aufgestellt war. Während meine Pupillen nach hinten rollten, sah ich den schweißüberströmten Kopf des nächsten Läufers. Der ging weiter, ohne meinen Sturz zu beachten, stetig voran und doch auf der Stelle tretend. Dann wurde es schwarz vor meinen Augen.

»Hundertsechsundsiebzig hat eine Fehlfunktion!«

Diese Worte konnte ich noch hören, bevor ich langsam wieder zu mir kam. Als ich die Augen aufschlug, beugte sich der Trainer über mich. Auch die anderen Teilnehmer waren stehen geblieben und standen, einen kleinen Kreis bildend, besorgt um mich herum.

»Sie hatten einen kleinen Kreislaufkollaps. Geht's wieder?«, erkundigte sich der Coach nach meinem

Befinden. Mir war noch immer leicht schwindlig und mein Kopf schmerzte. Ich musste ihn mir beim Umkippen ziemlich heftig angeschlagen haben. Als ich den Trainer darüber informierte, begleitete er mich fürsorglich zur Seite, wo ich mich auf eine der Zuschauerbänke setzte und wartete, bis das Schwindelgefühl nachließ. Noch bevor er und die anderen ihre sportlichen Übungen beendet hatten, fühlte ich mich wieder sicher genug, um aufzustehen und zu den Umkleiden zu gehen. Dort zog ich mich aus und betrat eine der Duschkabinen. Ich wischte mit der Hand über den Sensor und stellte mich unter den wohltemperierten Strahl.

Das Wasser regnete sanft auf mich herab, genussvoll schloss ich die Augen. Ich begann zu summen. Ein Lied, eine Melodie, die mir in diesem Moment ganz spontan einfiel …

… *und die sich schon im nächsten Augenblick in etwas unglaublich Erschreckendes verwandelte. Plötzlich wurde das Geräusch des prasselnden Wassers überlagert, von einem anhaltend tiefen, gurgelnden Ton, der aus hunderten Kehlen erschallte. Schlagartig wurde das Wasser eiskalt.*

Panisch riss ich meine Augen wieder auf und fand mich nackt unter der Dusche. Doch die Einzelkabine um mich ist verschwunden und ich stand, dicht an fremde nackte Leiber gedrängt, unter kalten Strahlen, die aus großen Duschköpfen an der Decke rieseln. Das wahrhaft Beängstigende war aber nicht, mich nackt in einer Menschenmenge wiederzufinden, sondern deren Verhalten. Die anderen hatten die Köpfe nach oben gereckt, das Wasser lief in ihre offenen Münder und aus ihren Kehlen drang dieser dunkle kehlige Ton, zu dem meine Melodie sich unerwartet gewandelt hatte. Sie wirkten vollkommen weggetreten, als wäre ihnen gar nicht bewusst, was sie tun oder wo sie waren. Sie ängstigten mich. Mein erster Impuls war zu schreien. Ich unterdrückte den Schrei, hatte Angst, diese DINGER *könnten mich dann doch noch bemerken. Meine Arme schlang ich schützend um meinen Körper und zwängte mich langsam an ihnen vorbei, in die Richtung, in der ich die nächstgelegene Wand ausmachen konnte. Manche von ihnen rückten instinktiv zur Seite, andere nicht. Keiner von ihnen schien mich wahrzunehmen, so als wäre ich gar nicht real. Ich konnte sie hören, sie fühlen, zitterte, weil das Wasser so kalt war, aber ich* wollte *glauben, dass ich mir das alles nur einbildete.*

Der Boden war schlüpfrig. Obwohl ich mich langsam und vorsichtig bewegte, rutschte ich aus und rempelte unsanft einen der Nackten vor mir an. Ich fing mich, wollte schon weitergehen, doch dann passierte etwas Unerwartetes. Der Kerl schaute mich an, sah mir direkt ins Gesicht und klappte seinen überflutenden Mund zu. Seine Augen weiteten sich vor Entsetzen, während er in meine starrte. Er streckte beide Arme aus, griff nach mir und packte meinen Arm. Hielt ihn so fest umklammert, dass es schmerzte. Angst und Grauen verzerrten sein Gesicht zu einer unmenschlich wirkenden Fratze. Dann fing er an zu schreien. Laut und panisch. Schnell riss ich mich los, suchte Schutz zwischen den Leibern der weiterhin unbeeindruckt Gurgelnden, ging hinter ihnen in Deckung.

Er machte einen solchen Radau, wich so sehr vom vorherrschenden Ton ab, dass die Wachen aufmerksam wurden und herbeistürzten. Instinktiv wichen die restlichen Summer vor ihnen zurück. Sie bildeten eine schmale Gasse, ohne dabei mit ihrem gespenstischen Gesumme aufzuhören. Ich konnte beobachten, wie das uniformierte Personal auf den kreischenden Mann zurannte. Einer von ihnen hielt eine Spritze in der Hand. Atemlos schaute ich zu, wie man sie ihm in den Hals rammte und er zu Boden sank, man ihn aufhob und wegtrug. Vernünftigerweise beschloss ich, mich schleunigst aus dem Staub zu machen. Schnell folgte ich, sobald das Sicherheitspersonal an mir vorbei war, diesem nur temporär existierenden Weg durch die Leiber, der schon wieder dabei war, sich zu schließen.

Hinter den letzten Nackten vor der Wand hielt ich inne, duckte mich und spähte zwischen einem Beinpaar hindurch, peilte die Lage. Etwa einen halben Meter entfernt sah ich die Hosenbeine von zwei weiteren Wachen in wasserabweisenden gelben Gummianzügen. Das Gurgeln schien hier unten leiser zu sein. Angestrengt lauschte ich und versuchte, zu verstehen, was die Wachleute miteinander redeten.

»… Kollege aus der Fütterung hat mir erzählt …« … »… wieder einer aufgewacht …« … »… Programmierer wohl Scheiße gebaut.« … »… haben immer noch nicht herausgefunden …« … »… beim Duschen auf einmal alle Gurgeln …«

Ich konnte nur Fetzen ihres Gesprächs verstehen. Zu laut war der Chor der Gurgelnden und das Geräusch des herabprasselnden …

… warmen Wassers.

Diesmal war ich länger weg als zuvor. Als ich wieder zu mir kam, stand ich schlotternd in der Dusche der Sporthalle und hatte eine Gänsehaut, obwohl das von oben herabrieselnde Wasser so warm war, dass es dampfte. Ich stellte es ab und rannte aus der Nasszelle.

Noch immer zitternd saß ich in der Umkleidekabine, hatte es gerade geschafft, mich wieder anzuziehen, als die anderen Teilnehmer ihre Sportstunde beendeten und die Turnhalle verließen. Der Trainer zeigte sich äußerst besorgt und bestand darauf, mich wenn schon nicht zu einem Arzt, dann doch zumindest zu meiner Wohnung zurück zu begleiten. Vor Tür Nummer 176 verabschiedete er sich von mir.

Ich weiß, das alles klingt ziemlich verrückt. Und wahrscheinlich halten Sie mich für komplett durchgeknallt, wenn ich Ihnen nun sage, dass ich langsam glaube, dass ich mir diesen Scheiß nicht nur einbilde. Aber wie sonst wollen Sie mir die blauen Flecken an meinem Arm erklären? Gestern dachte ich noch, die Schmerzen kämen vom Sturz beim Laufen, aber sehen Sie: Heute erkennt man genau die Abdrücke, an der Stelle, an der mich der aufgewachte Summer gepackt hat. Sehen Sie! Das sind doch die Umrisse einer Hand?

Es quälen mich noch zwei weitere Visionen. Gestern Nacht wachte ich auf, doch statt in meinem Bett …

… befand ich mich in einem Schlafsaal. Trübes Licht, gespendet von schwach funzelnden Lampen an der Decke, erhellte den Raum gerade genug, um mich die endlosen Reihen aufgestellter Stockbetten überblicken zu lassen, in denen wir während unserer benötigten Ruhezeit auf minimalstem Raum gestapelt wurden. Die anderen schliefen, nur wenige schnarchten und ich konnte die langen Schatten der Ärzte sehen, die den Gang entlangkamen. Sie führten eine leise Unterhaltung.

»Die neue Serie macht Schwierigkeiten. Das Produktions-Update scheint Auswirkungen auf die Konditionierung zu haben.«

»Wie viele sind heute aufgewacht?«

Die Schatten verharren und ich höre das Rascheln von Seiten, die hastig durchgeblättert werden.

»Vierzehn. Die meisten konnten wir neu konditionieren. Danach funktionierten sie wieder normal, haben gearbeitet, gegessen und geschlafen. Auch die Motorik scheint wieder in Ordnung. Aber bei einer ist wirklich der Wurm drin.«

»Zeig mal den Bericht.«

»Die hier: Hundertsechsundsiebzig. Die ist ganze viermal aufgewacht. Erstmals kurz nach dem Update, bei der Medikamentenvergabe. Später wieder, in der Fabrik, als die Arbeiter zum ersten Mal die neuen Implantate bauen sollten.

Dann bei der körperlichen Ertüchtigung und noch ein weiteres Mal während der Säuberung. Ist jedes Mal neu konditioniert worden, aber wie's scheint, nimmt sie das Programm nicht richtig an. Irgendwas dringt zu ihr durch und weckt sie. Liegt in 40D – das ist gleich hier drüben.«

Nun kamen die Schritte auf mich zu und ich schloss schnell meine Augen. Es kostete mich Anstrengung und Selbstbeherrschung, nicht angstvoll die Luft anzuhalten und auch nicht zu schreien. Stattdessen versuchte ich, möglichst ruhig und gleichmäßig zu atmen und einen schlafenden Eindruck zu erwecken. Selbst dann noch, als ein gummibehandschuhter Finger mein rechtes Augenlid nach oben zog und mit einer Taschenlampe hineinleuchtete.

»Hast du das gesehen? Eindeutige Pupillenaktivität! Dabei dürfte sich da doch gar nichts rühren, während das Schlaf-Suggestivprogramm aktiv ist, oder?«

»Wir müssen sie in die Diagnostik schicken!«

Mein Fluchttrieb wird übermächtig, ich schrecke hoch …

… und natürlich fand ich mich nach dem Hochschrecken in meinem eigenen Bett wieder, schweißüberströmt aus einem Albtraum erwachend.

Als es dann vorhin an meine Tür klopfte, war ich nicht sonderlich überrascht. Mein besorgter Trainer stand davor und bat mich inständig den Termin wahrzunehmen, den er gestern aus reiner Besorgnis bei Ihnen für mich vereinbart hatte. Ich vermute, wenn ich mich gesträubt hätte, dann hätten Sie einen Hausbesuch gemacht, um Ihre Diagnose zu stellen.

Also sagen Sie mir schon, dass ich vollkommen verrückt bin und dass ich mir wirklich nur einbilde, ab und an aufzuwachen und die Welt zu sehen, wie sie wirklich ist. Na los, beteuern Sie endlich, dass Sie mir nur ein Beruhigungsmittel spritzen möchten, damit ich mich ein wenig entspannen kann. Vor allem aber versichern Sie mir, dass meine letzte Halluzination nicht echt ist, denn sonst …

… sehe ich, wie Sie langsam die Giftspritze präparieren, nachdem Sie einen roten Stempel auf das drückten, was ich für ein Rezept halten möchte. Auch wenn die Schrift auf dem Kopf steht, kann ich sie lesen: »MÄNGELEXEMPLAR – AUSGEMUSTERT«.

Die Nadel piekt, aber ich will Ihnen glauben, dass Sie nur mein Bestes wollen. Gern nehme ich das Rezept, das Sie mir hinhalten und strecke mich auf dem Sofa aus, weil mir schon wieder leicht schwindlig wird …

… und ich versuche, das Gefühl der Bewegung auf meinen schwachen Kreislauf zu schieben, nicht auf die Bewegung der Transportliege, auf der Sie mich aus dem kalt gefliesten Untersuchungs- und Sterberaum rollen. Ich kneife die Augen zusammen, versuche, die Ohren ebenfalls zu verschließen, damit ich nicht höre, wie Sie einer Schwester den Auftrag geben, mich schon mal rüber ins Krematorium zu bringen, denn ich bin schon fast hinüber. Nichts weiter, als eine defekte menschliche Arbeitsdrohne, bei der die Neuprogrammierung versagt hat …

NACHWORT

Liebe(r) Leser(in),

was dieses Buch angeht, möchte ich es halten, wie David Lynch, der sich hartnäckig weigert, seinen Film *Lost Highway* zu interpretieren, welcher mich bei jedem Ansehen zu neuen Schlüssen bringt. Entscheide selbst, woran du am Ende glauben möchtest – an den okkulten Scheiß und die tatsächliche Seelenverschmelzung oder doch eher daran, dass die Protagonistin schlicht und ergreifend verrückt geworden ist.

Es wäre gelogen, würde ich behaupten, dass nicht auch ein paar eigene Erfahrungswerte in dieses Buch einflossen, doch letztlich ist es eine fiktive Geschichte, die zu schreiben mir großes Vergnügen bereitet hat, wenngleich ich sie in einer Phase meines Lebens zu schreiben begann, in der ich selbst ein wenig von Liebeskummer geplagt war. Doch wie sicher herauszulesen war, habe ich deshalb meinen schwarzen Humor nicht verloren.

Ein herzliches Dankeschön geht an die Menschen, die mir in dieser Zeit ihr offenes Ohr geliehen und sich geduldig mein Gejammer angehört haben. Ohne euch, wer weiß …

Insbesondere danke ich Moe Teratos, die nicht nur stets für mich da war, sondern darüber hinaus als

Ideen-Ping-Pong-Gegnerin dazu beitrug, dem Plot eine hoffentlich unerwartet gekommene Wendung zu geben. Auch sorgte sie mit ihrem Feedback als Testleserin dafür, dass sich meine Nervosität vor der Veröffentlichung in Grenzen hielt. Weiterer Testleserdank geht an Emi, die dunkle Augenringe am nächsten Tag in Kauf nahm, um es in nur einer Nacht zu lesen und mir eine erste Fremdmeinung zum Buch zu geben.

Danke auch an mein Redrum-Team, die tollen Mädels Jasmin und Silvia, die im Lektorat und Korrektorat ganze Arbeit geleistet haben. Ihr seid spitze!

Und dir danke ich fürs Lesen.

Bis zum nächsten Mal!

Herzliche Grüße,
Stefanie Maucher

Verlagsprogramm

01 Candygirl: *Michael Merhi*
02 Lilith Töchter, Adams Söhne: *Georg Adamah*
03 Höllengeschichten: *Wolfgang Brunner*
04 Roadkill: *Alex Miller, Joe De Beer*
05 Bad Toys: *Anthologie*
06 Gone Mad: *A.C. Hurts*
07 Mindfucker: *Joe De Beer*
08 All Beauty Must Die: *A.C. Hurts*
09 Runaways: *Alexander Kühl*
10 Love Of My Life: *A.C. Hurts*
11 Klipp Klapp … und du bist tot!: *Mari März*
12 Carnivore: *A.C. Hurts*
13 Lyrica: *Jane Breslin*
14 Der Feigling: *Andreas März*
15 Kinderspiele: *Wolfgang Brunner*
16 Victima: *Sam Bennet*
17 Blutbrüder: *Simone Trojahn*
18 Fuck You All: *Inhonorus*
19 Cannibal Holidays: *Ralph D. Chains*
20 Kellerspiele: *Simone Trojahn*
21 Der Leichenficker: *Ethan Kink*
22 Lyrica – Exodus: *Jane Breslin*
23 Gone Mad 2: *A.C. Hurts*
24 Der Leichenkünstler: *Moe Teratos*
25 Wutrauschen: *Simone Trojahn*
26 Dort unten stirbst du: *Moe Teratos*
27 Fida: *Stefanie Maucher*
28 Die Sodom Lotterie: *Ralph D. Chains*
29 Streets Of Love: *Ralph D. Chains*
30 Er ist Böse!: *Moe Teratos*

31 Franka: *Moe Teratos*
32 Melvins Blutcamp: *Dagny S. Dombois*
33 Frosttod: *Moe Teratos*
34 Franklin: *Stefanie Maucher*
35 Ratz 1 – Mordhaus: *Moe Teratos*
36 Hexentribunal: *Gerwalt Richardson*
37 Ratz 2 – Mordsucht: *Moe Teratos*
38 Voyeur: *Kati Winter*
39 Ratz 3 – Das Mordgesindel: *Moe Teratos*
40 Die Sünde in mir: *A.C. Hurts*
41 Ficktion: *Ralph D. Chains*
42 Das Kinderspiel: *Simone Trojahn*
43 Todesangst im Labyrinth: *A.C. Hurts*
44 Crossend: *Marvin Buchecker*
45 Mörderherz: *Simone Trojahn*
46 Die Prinzessin: *Simone Trojahn*
47 Doppelpack: *Moe Teratos*
48 Billy – Die Blutlinie: *Gerwalt Richardson*
49 Ratz – 4 Mordversprechen: *Moe Teratos*
50 Selina´s Way: *Simone Trojahn*
51 Infam: *André Wegmann*
52 Ratz – 5 Blutige Ketten: *Moe Teratos*
53 Sinnfinsternis: *Reyk Jorden*
54 Carnivore – Sweet Summer: *A.C. Hurts*
55 Der Schlächter: *Jacqueline Pawlowski*
56 Grandma: *Inhonorus*
57 Billy 2 – Les chants from hell: *Gerwalt Richardson*
58 Endstation Hölle: *Jean Rises*
59 Runaways 2: *Alexander Kühl*
60 Totentanz: *Moe Teratos*
61 Leichenexperimente: *Moe Teratos*
62 Folterpalast: *Gerwalt Richardson*
63 Scary Monsters: *Wolfgang Brunner*

REDRUM CUTS

01 Bizarr: *Baukowski*
02 50 Pieces for Grey: *A.M. Arimont*
03 Koma*: Kati Winter*
04 Rum und Ähre: *Baukowski*
05 Hexensaft: *Simone Trojahn*
06 Still Morbid*: Inhonorus*
07 Fuck You All - Novelle: *Inhonorus*
08 Das Flüstern des Teufels: *A.M. Arimont*
09 Kutná Hora: *André Wegmann*
10 Die Rotte: *U.L. Brich*
11 Blutwahn: *André Wegmann*
12 Helter Skelter Redux: *A.M. Arimont*
13 Badass Fiction*: Anthologie*
14 Bloody Pain: *Elli Wintersun*
15 In Flammen: *Stefanie Maucher*

REDRUM
STEFANIE
MAUCHER
THRILLER

Fida

Was würden Sie tun, wenn Ihr Kind einfach verschwindet? Wenn Sie nicht wissen, ob es noch am Leben oder schon tot ist? Würde Ihre Familie näher zusammenwachsen oder unter der Last zerbrechen?

Wann würden Sie die Hoffnung aufgeben? Und wie weit würden Sie gehen, wenn Sie den Täter finden?

Die dreizehnjährige Laura kam nach einem Besuch in der Bücherei nicht nach Hause. Schnell fand die Polizei einen Verdächtigen – doch keine Spur von dem Mädchen. Seit mehr als einem Jahr sucht Tatjana nach ihrer Tochter und ist nicht bereit, die Hoffnung aufzugeben ...

Tom wollte schon immer ein Haustier. Am liebsten ein Hündchen, das seinen Befehlen gehorcht. Doch sein Vater wusste schon damals von Toms bösartigen, sadistischen Trieben und so blieb der Wunsch nach einem Spielzeug lange unerfüllt. Bis heute! Denn Tom ist jetzt erwachsen und findet, dass es Zeit ist, sich seine Wünsche selbst zu erfüllen. Zeit für Fida!

Stefanie Maucher
FRANKLIN
REDRUM
HARDCORE

Franklin

Franklin hat besondere Vorlieben. Von der Jagd bis zur Zubereitung, alles ist eine Frage der Logik, der Ästhetik und nicht zuletzt des guten Geschmacks. Für seine Opfer mag es nicht von Belang sein, doch Franklin begeht keine lieblosen Morde. Nein, so einfach ist das nicht. Sie leiden bis zum Wahnsinn und doch folgen sie nur ihrer naturgemäßen Bestimmung, zumindest in Franklins Augen. Auch wenn es die Leidtragenden an die Grenzen ihres Verstandes treibt: Er sieht die Welt nun einmal anders. Franklin führt in eine Zukunft, die in erschreckender Weise mit jeder Zeile möglicher erscheint.

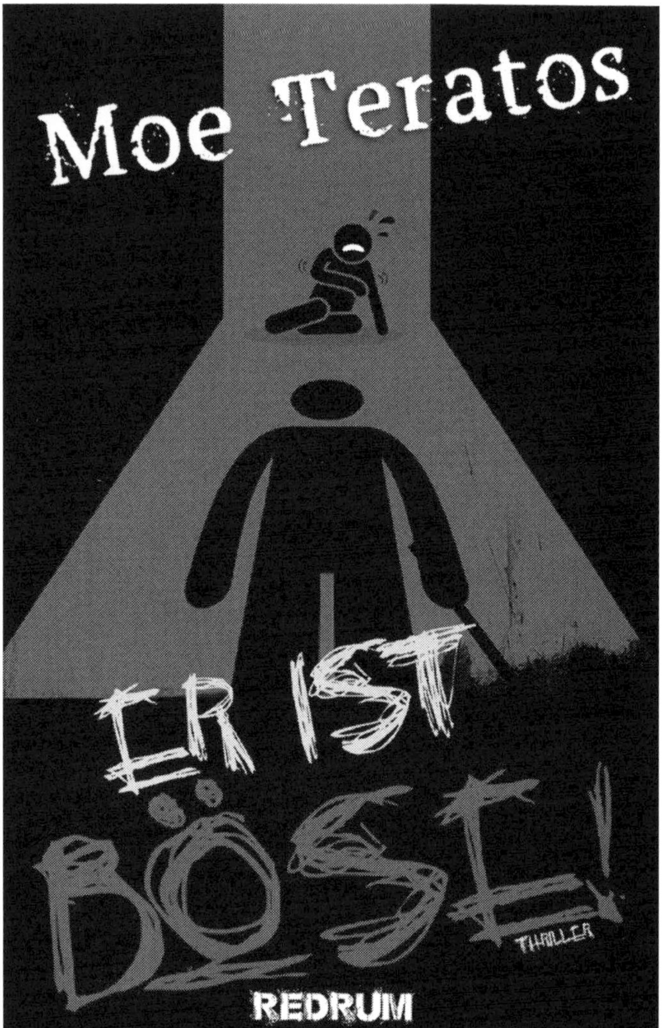

Moe Teratos
ER IST
BÖSE!
THRILLER
REDRUM

ER IST BÖSE!

Anton ist schüchtern und hatte noch nie eine Freundin. Aber wie alle Menschen, hat auch er Bedürfnisse und eines Tages lernt er, auf welch brutale Art er diese befriedigen kann. Für ihn ist es die ultimative Erkenntnis. Für die Frauen, die ihm begegnen, ist es der größte Albtraum. Vor allem für Annabella und ihre Freundin Frida, die schon bald in Antons Haus gefangen gehalten und gequält werden.

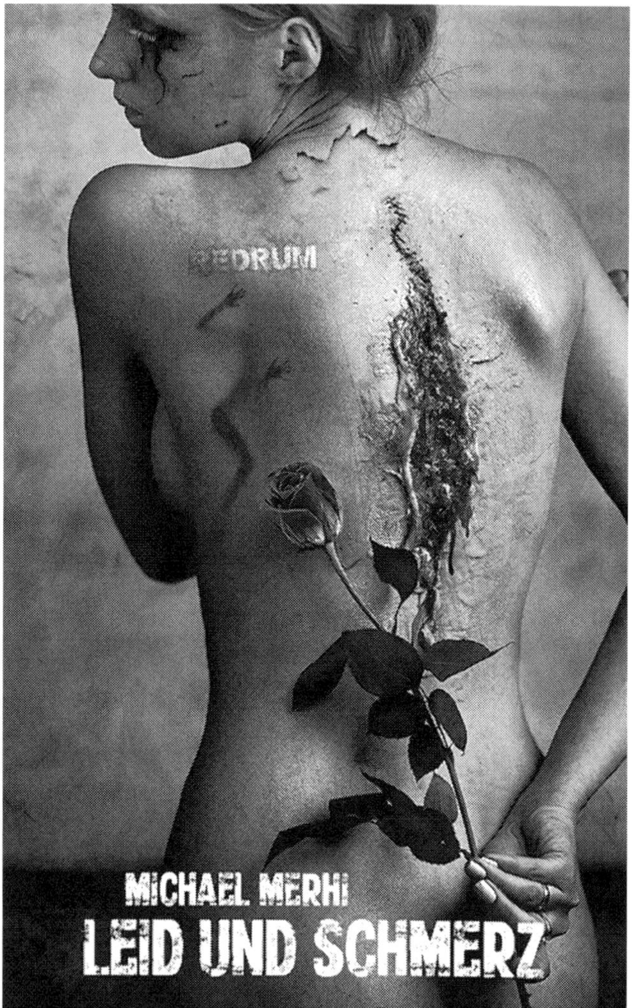
MICHAEL MERHI
LEID UND SCHMERZ

Leid und Schmerz

In Rona Skyes, eine Stadt in der sich Fuchs und Hase Gute Nacht sagen, lebt die dreiundvierzigjährige Jacky – eine pflegebedürftige Frau, die von ihrer Tochter misshandelt wird. In Rona Skyes gibt es jedoch mehr als das zu sehen: einen Mann, der seine Opfer bis zum Tode prügelt, ein Leidtragender, dessen Leben am seidenen Faden hängt, ein Cop, der die Fassung verliert und ein Baby, das die Hoffnung auf ein besseres Leben noch nicht verloren hat. Rona Skyes, eine Bilderbuchstadt, die man in keinem Reiseführer finden wird.

»Michael Merhi schreibt spannend, wie Stephen King, hart wie Jack Ketchum und gnadenlos wie Richard Laymon.«

REDRUM
RALPH D. CHAINS
DIE SODOM LOTTERIE
Extrem-Horror

DIE SODOM LOTTERIE

Irgendwo mitten in der Wüste dreht sich das Rad. Es entscheidet, ob du lebst oder stirbst. Ob deine nächste sexuelle Erfahrung mit einer Frau oder einer Kettensäge stattfinden wird. Bei der Sodom-Lotterie spritzen Blut, Sperma und Schweinescheiße bis an die Decke und es gibt nur zwei Wege, diesem Albtraum zu entrinnen: Sexuelle Höchstleistungen bis zum bitteren Ende oder der qualvolle Tod.REDRUM BOOKS weist darauf hin, dass dieser Titel für Leser unter 18 Jahren nicht geeignet ist.

REDRUM loves you!

REDRUM liebt dich!